小学館文庫

火の神さまの掃除人ですが、いつの間にか花嫁として溺愛されています

小学館

目次

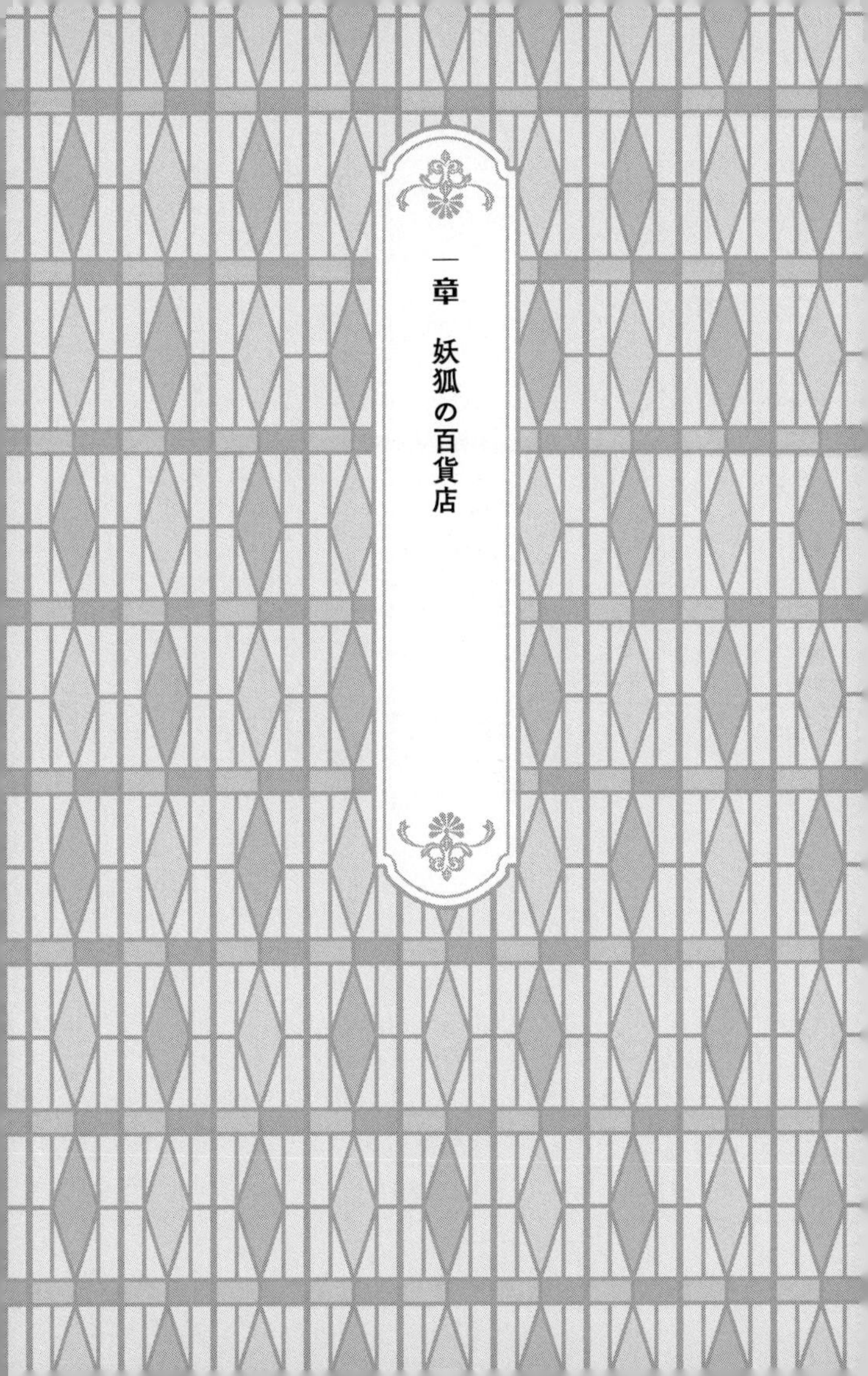

一章　妖狐の百貨店

愛しい娘が微笑んでいる。
ただそれだけで、これほど心が満たされることがあるのだ。
神は己の心境の変化に驚きながら、その感動を心地好く受け止めた。
巫が、裾を翻してこちらに駆けてくる娘が、楽しそうに笑っている。
それだけで良いと思った。この微笑みだけあれば良いと、そう思っていたのに。

ただそれだけが、簡単に奪われる。

敗北を喫した神は追われ、神としての能力も義務も全部捨てたまま、それでもなお心に残った一つの執着心をよすがに泥水をすする。
また会いたい、と思うことが罪であることとはつゆほども思わず、焦がれた相手を血眼で捜せば。

巫がいるはずの場所には、ただ美しい藤の花が咲いていた。

＊

手紙の封を切ると、花の香りがほのかに立ち上った。

その香りに心躍らせながら、小夜は分厚い紙を開く。

「招待状……？」

小夜の言葉に、横で別の手紙を開封していた鬼灯が手を止める。

その手紙は鬼灯と小夜の二人に宛てられたものだった。

流麗な、恐らくは女性の手になる文字を、小夜は静かに読み上げた。

「この度は宵町に『百貨店ぐりざいゆ』を開店する運びとなりました。つきましては火の神であらせられる鬼灯様、及びその花嫁であらせられる小夜様をお招きし『店開きの宴』を執り行いたく存じます。……読み方は合っていますか？」

「完璧だ。読み書きが大分上達したな、小夜」

鬼灯の言葉に小夜が嬉しそうに微笑む。すると隻眼の火の神も、妻の愛らしい表情に、目元を甘く緩めるのだった。

ここは火蔵御殿。火の神である鬼灯の、仕事場兼住まいである。

小夜は鬼灯の花嫁だ。人間ではあるものの、物の声が聞き取れる蝶の耳を持ち、珍しい清めの力を持っている。

呪われて片目を奪われた火の神、鬼灯。生まれた家を追い出された小夜。

二人が夫婦（めおと）となってから、半年近くが経（た）った。

その間にちょっとした事件があったものの、二人は今もなお睦（むつ）まじく暮らしている。

鬼灯は小夜を後ろから抱きしめるようにしながら、手紙を覗（のぞ）き込む。

「しかしずいぶんと洒落（しゃれ）た手紙だな。羊皮紙に青インク、おまけに香水を香らせてる」

「『百貨店ぐりざいゆ』とは、どんなお店なのでしょうか。それに『店開きの宴』とは一体何でしょう」

「それはこの牡丹（ぼたん）めがお答えいたしましょう！」

元気よく現れた牡丹は、小夜の手元の手紙を覗き込んだ。

牡丹はカラスの置物の付喪神（つくもがみ）だ。小夜と小夜の母のことを昔からよく知っており、今は火蔵御殿の使用人のような働きをしている。

「私の宵町情報網によりますと『百貨店ぐりざいゆ』は白狐（びゃっこ）の鈴蘭（すずらん）が店主を務める、大きな商店でございます。石造りの建物は何と十階建て、屋上には何やら舶来仕立ての素敵な仕掛けがあるとの噂（うわさ）です！」

「十階建て……。想像もつかないわ。火蔵より高いのかしら」

「それはもう！　屋上からの眺めはこの異界を一望できるほどだと小耳に挟んでおります。店主曰（いわ）く、質も値段も建物の高さも宵町一番、いえこの異界一番だとか！」

興奮している牡丹をよそに、鬼灯はどこか気乗りしない様子だ。

「『店開きの宴』か。俺一人ならともかく、小夜も招かれているのが気にかかる」

「私が行くと、何かご迷惑がかかるようなものなのでしょうか」

火の神の花嫁としての自覚を持ちつつある小夜だが、公の場所で花嫁として扱われるのはまだ少し気が引ける。もし鬼灯の足を引っ張るようであれば、辞退するつもりでいた。

が、鬼灯は黙って招待状の下の方を指さした。小夜はそれを読み上げる。

「なお、火の神様の相方を務められますのは、水の神様であらせられます……これが何か、問題なのでしょうか」

「当たり前だ。水の神——天音（あまね）はああ見えてかなり女好きだ。しかも、かつては石戸（いしど）家が巫として仕えていたわけだから、お前と関わりのあった神ということになる」

「ですが私は、水の神様の前に出させて頂くことはなかったので、関わりと言いましても、そこまでのことは……」

「いいや、断言できる。あれは絶対にお前を口説くぞ。ここぞとばかりに言葉を尽くして、本気で落としに来るに違いない」

小夜はどう答えていいか分からない。そんなわけがないと思うし、仮に口説かれたところで、鬼灯以外の男になびくはずもない。

はなから実現することのないことに、鬼灯は神経を尖らせている。

どうしたものかと首を傾げる小夜を見、牡丹がずいっと前に出た。

「鬼灯様、逆にお考えなさいませ。――これは小夜様を見せびらかす、好機であると」

「好機だと?」

「ええ。ここぞとばかりに夫婦の絆を見せつけてやるのです。その絆の盤石さを世に知らしめてやれば、小夜様をかどわかそうだとか、ちょっかいを出そうと考える不埒ものはいなくなるでしょう」

「……一理あるな」

鬼灯は真面目な顔で頷いたかと思うと、

「そうだ。ここで一度、誰が小夜の夫かを知らしめてやる必要があるな。――招待状に出席の返事をしよう」

「そうこなくっちゃ、鬼灯様！　それでですね、ここらで一つ、小夜様のお着物などを新調しても良いかと思うのですが」

「当然だな。一番似合うものを選ぼう。火蔵に確か良い反物があったはずだ」

鬼灯と牡丹は二人で勝手に盛り上がっている。

小夜はそれについてゆけず、ただおろおろと二人を見つめるばかりだった。

＊

『百貨店ぐりざいゆ』の前は、既に様々な神や精霊で溢れ返っていた。

そこへ現れたのは火の神の馬車だ。燃える馬のたてがみを、野次馬たちは好奇の目で見つめている。

馬車から現れたのはもちろん火の神、そして――。

「花嫁だ！　火の神さまの花嫁だ！」

手を引かれて降りて来たのは、黒髪をまとめ、低い位置で結い上げた美しい娘――小夜だった。

晴れやかな『店開きの宴』にふさわしく、薄桃色の縮緬地菊模様の着物をまとっている。

菊の花は金糸で縁取られていて豪華だが、帯は黒地に春蘭模様という締め色なので、派手すぎずに収まっている。

「お美しい方だ！　それに清らかな気がここからでも感じられるよ」

「ねえ、火の神さまってあんな綺麗なお顔だったたっけ？　天照様の呪いで醜くなっているんじゃなかった？」

「あの娘が呪いを弱めているらしいよ！　何でも凄い清めの力があるんだって」

「まっさかあ」

「ほんとだよ、豊玉姫さまのお墨付きだって聞いたんだから！」

宵町の住人に、声を潜める配慮というものはない。

小夜は耳に飛び込んでくる褒め言葉に、顔を赤くしながら、鬼灯にぴたりと寄り添った。

鬼灯はきつく小夜を抱き寄せ、真っ赤になってうつむく妻の耳に囁きかける。

「照れるのは分かるが、そう顔を伏せるな。その美しさを見せびらかしてやれ」

「む、無理です……！」

「まあ、いつまでも慣れないところも可愛いが――」

いつものように小夜を甘やかそうとした鬼灯の顔が引きつる。

「やあ、火の神どの」

低く耳に心地好い声が響き、野次馬たちのざわめきが大きくなる。

不思議に思った小夜が顔を上げると、そこにはにこやかに微笑む壮年の男神の姿があった。

　裾に地曳船の模様をあしらった濃い青の着物をまとっている。鱗のように輝く着物は、見る角度によって輝きを変える逸品だった。長い黒髪を象牙細工のついた髪紐でまとめ、すんなりとした首筋を露わにしている。

「これはこれは、水の神どの」

　警戒心も露わな鬼灯の声に苦笑する水の神。対する小夜は、驚いたように水の神の顔を見上げた。

　水の神の存在は身近なものであったが、こうして顔を合わせる栄誉に恵まれたのは、初めてのことだった。

「なるほど。そちらが奥方か。かつて石戸家にいたと聞くが……惜しいことをした。我の目も節穴ということか」

　全身をじっくりと観察する金色の目に、小夜がたじろいでいると、鬼灯が間に割って入った。

「今日は水の神どのが宴の相方と聞いた。どうぞよろしく」

「そのような仏頂面で、よろしくも何もないだろう、火の神どの」

「はっ。どのみち私たちは相容れぬ存在だ。その私たちを宴の相方同士に据えるとは、この百貨店の店主もとんだ食わせ者らしい」

「その点に関しては同意する」

余裕たっぷりに微笑む水の神は、周囲をちらりと見やった。

「ああ、ここで話しては噂の種を増やしてやるだけだな。中に入ろう。鈴蘭どのも待っている」

そう言って店内に戻ってゆく水の神の後ろ姿にひとにらみくれてから、鬼灯は小夜の手をとった。

どこか緊張した面持ちの鬼灯を見ながら、小夜はその手を強く握り返した。

百貨店の中は、驚くほど広かった。

玄関が三階ぶん吹き抜けになっているのだ。回廊と思しき場所には、見たこともないような絵が等間隔に飾られてある。

太い柱は白い石でできており、その回廊へ至る階段も同じ材質でできているようで。乳白色の色みに赤い絨毯の取り合わせが美しい。

胸元ほどの高さにある陳列棚や、硝子張りの箱がずらりと並べられている様は少し見慣れないが、恐らく舶来風なのだろう。まだ商品は並べられていなかった。

そうして何より小夜の目を奪ったのは、あちこちで繰り広げられている宴会の賑わいだった。

河童と猫又が、高い棚を卓代わりに酒を酌み交わしているかと思えば、あちらでは階段に腰かけて、何やら四角い駒のようなものを並べて遊んでいる四人組があった。駒がぶつかり合うじゃらじゃらという音が、賑やかに響いている。

小夜は傍らの鬼灯に尋ねた。

「あれは何でしょう？　白い駒を並べて……駒には字や模様が書いてあるようですが」

「あれは麻雀（まーじゃん）というものですわ。海の向こうで流行（はや）っている遊戯だそうです。駒を交ぜる音が華やかでよろしいでしょう？」

きびきびとした女性の声が答えてくれた。

声の主は、白い耳を生やした精霊だった。もはや神にも等しい気迫を放っており、どこか魔性を感じさせる美貌に、魅入られるような緋色（ひいろ）の瞳をしている。

着物は地味な黒縮緬地だが、背中には大きくてふさふさとした尻尾が八本も生えており、立っているだけで存在感を放っている。

「初めまして、火の神様、小夜様。私は鈴蘭。『百貨店ぐりざいゆ』の店主を務めております」

「ではあなたが、私たちに招待状を送った精霊か」

「ええ。本日はお越し下さり誠にありがとうございます。大変嬉しゅうございますわ！」

鈴蘭が微笑むと、大輪の花が開くようだった。同性である小夜さえも目を奪われてしまうほどだ。

思わず鬼灯を見上げるが、彼はただ興味がなさそうに鈴蘭の言葉を聞いているだけだった。美女に目を奪われている様子はなさそうだと、小夜は密(ひそ)かに胸を撫(な)で下ろした。鈴蘭が相手では、小夜は白旗を揚げる他ないのだから。

「では最上階へ参りましょう。宴席を設けておりますの」

「あの階段を使うのか」

「いいえ、最上階は十階。神々にそこまでご足労頂くわけには参りませんわ」

そう言って鈴蘭は、少し得意げに建物の東側を示した。

「昇降機に乗って参りましょう」

案内されたのは薄黄金色に光る籠のようなものだった。人間が十人ほど入れる大きさで、天井はそこまで高くない。

格子扉が勝手に開き、鈴蘭が鬼灯たちを案内する。

一行が籠に入ると、格子扉が閉じ、籠がゆっくりと上昇し始めた。

小夜は思わず側(そば)にいた鬼灯にしがみついた。鬼灯はふと頬を緩め、小夜をしっかりと右腕で抱え込む。

「思ったより揺れないんだな。動力は？　術で動かしているのか？」

「企業秘密でございます」

鬼灯に抱えられているおかげで、少しだけ不安が和らいだ小夜は、周りを観察する余裕ができた。

籠がゆっくりと昇ってゆくため、格子扉の隙間から各階の様子が窺える。階によって趣向を変えた内装は、いかにも購買意欲をそそりそうだ。

「我が百貨店はありとあらゆるものを取り揃えてございます。一階は流行を取り入れた品々を、手に取りやすい価格で並べる予定ですが、上階では、入手困難な品々も扱わせて頂く予定ですわ」

「宵町の商人たちが黙っていないだろうな」

水の神の言葉に、鈴蘭はむしろ誇らしげに胸を張った。

「宵町の皆様と同じような品々を取り扱っていては二流も良いところ。私どもが商いますのは、流行の最先端、誰も見たことがないような品々ですのよ。是非楽しみにしていて下さいまし」

最上階が近づいてくる。鈴蘭は何かを思い出したように鬼灯に言った。

「八階は宝飾品売り場となっております。鬼灯様、小夜様に何かお求めになって行かれては？」

「そうだな。だがあまり小夜の姿を人目に晒したくないのだが」

「個室もございます。ごゆるりとお品物を選んで頂けますよ」

小夜は、籠に乗っている僅かな時間も無駄にしない、鈴蘭のたくましい商人魂を見たような気がした。

もし仮にここに買い物に来ることがあっても、自分がしっかりとしなければ、鬼灯の財布の紐は緩みに緩んでしまうだろう。気をつけなければ、と気合を入れる小夜だった。

籠が最上階に到着し、ゆっくりと開く。

鈴蘭が、大切な宝物を見せるような優しい笑みで言った。

「ようこそ、我が自慢の屋上庭園へ」

硝子張りの天井からは、初夏の日差しがさんさんと降り注いでいる。

そこに照らされているのは、初めて見る植物が繁茂する、広い庭だった。

派手な色をした花々に、大きな葉を茂らせる樹木。しかもよく見れば、その間には細い水路もある。

目を閉じて耳をすますと、水が流れる静かな音と、植物たちの呼吸する音が聞こえてくるようだった。

小夜は思わず声を上げる。

「素敵なお庭ですね！　見たことのないお花がたくさん咲いています」

「海の外から取り寄せましたの。どれも目を奪われるようでしょう？　さあ小夜様、あちらに宴席を設けておりますので、どうぞお進みくださいませ」

鈴蘭が指し示す先には、白い洋卓と揃いの椅子が並べられてあった。

完全に舶来風なのかと思いきや、洋卓の下には緋毛氈が敷かれているし、洋卓の上の食事は塗りの箱に収められている。絶妙な異文化の交ざり具合が、新しい流行の訪れを予感させた。

全てがきちんと揃えられ、神々をもてなそうという気概に満ちている。小夜の蝶の耳は、十分に手入れのされた道具が放つ、誇りのようなものを聞き取っていた。

鈴蘭に勧められて席につくと、水の神が声を漏らした。

「おお、葡萄酒か。私はこれに目がない」

「存じ上げておりますとも！　葡萄酒にあう酒肴も用意しておりますので、存分にお楽しみくださいませ」

酌や食事の取り分けは、傍らに控えている精霊——少女のなりをし、狐の耳と尾を生やした精霊が行うようだった。鈴蘭は狐の精霊に後を頼むと、昇降機に乗って去っていった。

鬼灯は給仕を断った。自分で好きな物を取るから、と率先して箸を手にする。

「ほら小夜、一通り取ったから食べなさい。気に入ったものがあればまた取ってやるから」

「あ、ありがとうございます……！」

「ほう。傍若無人で知られた火の神が、手ずから給仕の真似事とは！」

水の神が揶揄するように言うと、鬼灯はどこか得意げな顔になった。

「羨ましいだろう？　好いた女の世話を焼くというのはなかなかに良いものだぞ」

「鬼灯様、お酒をお注ぎしますね」

「ああ、ありがとう。……うん、うまいな」

「水の神様も、葡萄酒をお注ぎします」

立ち上がりかけた小夜を遮って、鬼灯が葡萄酒の瓶を手に取る。にっこりと微笑みながら、水の神の盃に濃い緋色の液体を注ぎ入れた。

「小夜は何もしなくていい。あの神に近寄ると水の匂いが移るからな」

「そんな……。あ、あの、水の神様。ご気分を害されたら申し訳ございません」

神々が自分の所有物を愛するのは当然のことだ。だが、愛する所有物が自分のような他愛もない小娘であるというのは、水の神からしてみたら、納得しがたいかもしれない。

そう考えて小夜は頭を下げるのだが、水の神は大げさに手を振って否定する。

「何を言う！　あなたのように輝かしい奥方であれば、このような溺愛ぶりも想像がつくというもの。――だからこそ悔やまれる。石戸家を訪問していた時に、ちっともあなたの存在に気づけなかったことが」

「私は巫としての教育を受けておらず、神々の前に出るなど、とんでもないことだとされてきましたから」

小夜は石戸家の娘として生まれた。しかし、幼いうちに母が亡くなり、後妻として入った義母とその娘によって迫害され、使用人のような扱いを受けていた。

巫とは、この国の神々を慰め、癒し、代わりに繁栄を享受する役目のことだ。石戸家は水の神との仲が深かったが、小夜が濡れ衣を着せられ、家を追い出されたのとほぼ同じ時期に、水の神に見限られている。

そうして義母とその娘は、火の神に愛される小夜を妬み、術を用いてその座を奪い取ろうとした。だがその企みは小夜と鬼灯に阻まれ、二人は今こうして共にいられるというわけだ。

小夜は石戸家の思い出を、痛みとほんのわずかな懐かしさと共に思い出しながら、

「でも今は、鬼灯様の下で様々なことを教えて頂いております」

「そうか。今あなたが幸せならば、それでいい」

「ずいぶん殊勝なことを言うじゃあないか、水の神よ。美しい、気の清らかな娘と見れば、見境なく口説くのが習い性ではなかったか？」

鬼灯が嫌みっぽく言うと、水の神は生真面目な顔で、

「私とて、比翼連理を引き裂くほどの野暮天ではないさ。こうして見るとよく分かる。小夜どのと鬼灯どのは——分かちがたく結びついている、とな」

と答え、葡萄酒を口に含んだ。

それから狐の娘に命じ、いくつかの料理を取り分けさせる。

「小夜どのの持つ清めの力は、恐らく本来そこまで強いものではなかったはずだ。だが、同じく清めの力を持つ火の神と縁を繋いだことで、より強くなった——それは鬼灯どのにも同じことが言えるが」

美しい所作で料理を口に運ぶ水の神は、ふ、と自嘲的に笑った。

「私も随分腑抜けたことを言っているな。清めの力を持つのは、この私、水の神も同じなのだから、小夜どのを欲しがってもおかしくはないのだが」

「小夜を欲しがる、だと」

鬼灯の声に殺気を読み取ったか、水の神は苦笑しながら首を振る。

「野暮天ではないと言っただろう。他者の花嫁を奪うほど事欠いてはいないよ」

「冗談でも口にして善いことと悪いことがある。……だが、小夜を諦めるというのならば、その決断を受け入れるにやぶさかではない」

「誰も諦めたとは言っていない。今はまだその時ではないというだけだ」

　さらりと不穏なことを言い残した水の神は、にっこりと破顔した。

「しかしこの肴は美味い！　少し山椒が入っていて、葡萄酒とよく合う」

「む、山椒か」

　難しい顔をする鬼灯に、小夜が皿の料理を指さす。

「こちらの煮物に入っておりました。鬼灯様の分は、私が頂いてもよろしいですか」

「頼む。山椒の香りがどうも好きになれなくてな……。ああ、これは香辛料がきいていたから、小夜好みの味だと思うぞ」

　小夜は指さされた料理を口に運び、それから鬼灯の方を向いてぱっと顔を輝かせた。自分の手柄でもないのに、鬼灯は得意げに笑っている。

　そもそも鬼灯は、自分の分は皿に取り分けず、小夜の皿から料理をつまんでいる。行儀が悪いというよりは水の神への牽制だろう。自分たちはこれだけ仲睦まじいのだぞと、あからさまに誇示しているのだ。

　大いに見せつけられた水の神は、聞こえよがしにため息をついた。

　遠くの方で、誰かが琴を奏でている音が緩やかに聞こえる。

　水路を流れる水の音とあいまって、とても心安らぐ空間だ。

　酒に強くない小夜は、付き合い程度に葡萄酒を舐めていたが、思い出したように口にした。

「そう言えば『店開きの宴』はいつ始まるのでしょう」

「今している」

「えっ？　でも、ただお料理を頂いて、くつろいでいるだけですが」

「それで良いのだ、小夜どの」

水の神は盃を傾け、既に何杯目か知れない葡萄酒を飲み干す。

「もてなされた神々が楽しく過ごしている、それだけでこの店は祝福されたことになるのだ。これからの成功が確約されるわけではないが、まあ験を担ぎたい商売人にとっては欠かせない儀式の一つだな」

「では一階にいらっしゃった皆様も……」

「ああ。もてなされながら楽しく過ごせば、それでお役目は果たせているのだ」

その言葉に小夜は肩の荷が下りたような気がした。

巫としての教育を受けて来なかったとは言え、小夜も石戸家の人間だった。神が関わる宴は、一度でも神の機嫌を損ねればたちまち台無しになり、下手を打てば関わった人間が祟られることもある。

神々に対しては細心の注意を払って臨むこと——それが小夜の常識だった。だから、『店開きの宴』もきっと、大事な意味を持つ重要な儀式なのだと思い込んでいた。

「何も気負わず、ただ目の前にあるものを受け取るんだ。それが、これだけ立派な宴席を用意してくれた鈴蘭どのへの返礼にもなる」

鬼灯の言葉に、小夜は頬を緩ませる。

火の神の花嫁となってから、少し肩肘を張ってしまっていたかもしれない。鬼灯にふさわしくあらねばと、必要以上に背伸びをしていた気がする。

小夜は椅子の背もたれに体を預け、琴の音に耳を傾けた。

最初は水の神に敵意を見せていた鬼灯も、しばらくするうちにぽつりぽつりと仕事の話や、他の神の話をし始めた。どうやら水の神は他の神とも親しく交流しているようで、鬼灯は彼から情報収集をしたがっているようだった。

小夜はそれを聞くともなしに聞きながら、美味い料理に舌鼓を打っている。

そのうち鈴蘭がデザァトと称して、とろける蜂蜜のかかったふわふわの茶色い洋菓子や、練り切り、羊羹などの甘味を運んできた。

その中で小夜の顔を最も輝かせたのは、ふわふわの茶色い洋菓子だった。鬼灯の裾を引っ張りながら、

「鬼灯様、これ、とても美味しいです……！」

「ん？　ああ、ハットケーキか。確かに柔らかくて甘いな」

「上にのっている果物も綺麗で甘酸っぱくて、好きです」

「なら毎日用意してやる」

「ま、毎日ですか？　嬉しいですけれど、こういうものはたまに食べるから、美味しいのだと思うのですが」

「お前のその顔が見られるのならば、毎日食べてもらわなければ。これは家で作れるものだろうか……聞いてみよう」

鬼灯は真面目くさった顔でそう言うと、早速ハットケーキの詳しい作り方を鈴蘭に尋ね、美しい妖狐の顔に苦笑を浮かべさせた。火の神の溺愛ぶりを目の当たりにすると、誰もが同じ表情になる。

食後に出された、良い香りのする茶を楽しんでいる間に、庭に差し込む光が少しずつ弱くなってきた。夕暮れが近いらしい。

鈴蘭が改まった様子で口を開く。

「お名残惜しゅうございますが、そろそろ宴をお開きにさせて頂きたく。皆様、本日は手前どもの店にお運び頂きまして、誠にありがとうございました」

「良いもてなしだった。この店の栄えんことを祈ろう」

「私も、この店が末永く繁盛することを願っている」

水の神と火の神が発した寿ぎの言葉に、鈴蘭は満足したような笑みを浮かべた。

すっかりお腹の満ちた一行は、鈴蘭に連れられて昇降機に乗り込む。

一階では、酒の進んだ神々が、いよいよどんちゃん騒ぎを繰り広げていた。あちこちで賭けが行われているらしく、威勢の良い声が聞こえてくる。

「くうっ、また負けか！　もう素寒貧だぜ！」

「はっははは、尻尾巻いてとっとと帰ェんな！」

「そんなザマァ見せられるか。賭ける金がねえンなら……、俺ァ記憶を賭けるぜ」

「止めとけ止めとけ、底なしだぞ」

「いいや、ここで引いたら男がすたらァ。そうさな……カミさんと初めて会った日の記憶、俺ァそれを賭けるぜ！」

「おおっ、豪気だねェ！　それでこそ賭場師ってもんだ！」

威勢の良い声が上がる。小夜は鬼灯に抱え込まれるようにしてその横を通りすぎたが、その際に一人の男神が、自分の胸に手をやるのが見えた。

そうして嗚咽を漏らすように体を揺らしたかと思うと、男神の手のひらには、薄桃色に光る球体が出現していた。

「記憶を賭ける……？　あの薄桃色の物が、記憶なのですか？」

「そうだ。どんな形を取るかは神によるな。神の記憶には価値があるんだ。それがその神にとって大切なものであれば尚更だし、長期にわたる記憶であればさらに価値が高くなる」

「金の代わりにも使えるし、神気の代わりにも使うことができる。最終手段ではあるがな」

　水の神が嘲笑を浮かべる。

「それを賭けに使うとは、よほど差し迫っているのか。あれは賭けの神か何かか？」

「単なる土地神だろう。記憶は一度失われたら戻らないというのに、愚かな真似をするものだ」

　鬼灯は吐き捨てるように言い、小夜を連れて足早に店の外に出た。

　野次馬はほとんどいなくなっていた。

　それもそのはず、宵町はすっかり夜霧に包み込まれており、嫌な寒さと湿気が漂っていたのだ。

「最近夜霧が多くないか、水の神どの」

「私の管轄ではない。これは夜の神どのの仕事だよ」

　言いながら水の神は微かに柳眉をひそめた。

「闇も水気も、確かに大切なものだが――あまり頻繁だと、魔性が近づく。さて、何の意図があるのやら」

　既に迎えの馬車が来ていた水の神は、見送りの鈴蘭に丁寧な礼を言うと、鬼灯と小夜に向き直った。

「私はこれにて失礼する。――火の神どの。今夜の風は少し嫌な匂いがする」

「分かっている。誰かが見ているな」

「美しい奥方はそれだけで目を惹く存在ではあるが、この匂いは禍々しすぎる。用心せよ」

　不穏な言葉を残し、水の神は去った。

　鬼灯は小夜の手を強く握ると、抱え込むようにして歩き始めた。

「馬車に乗られないのですか、鬼灯様」

「酔い覚ましに少し歩こう。お前の顔も少し赤い」

　頬を優しくなでられ、小夜は気持ちよさそうに目を細めた。

「葡萄酒は、飲み慣れていないので……」

「美味い酒だったな。うちでも買ってみるか」

　手を繋いで、ぶらぶらとあてもなく宵町を歩いていると、酔い心地の小夜の耳が、小さな音を拾った。

　小夜は立ち止まり、ゆっくりと首を巡らせる。それは櫛屋と土産物屋の間の、小道から聞こえてくるようだった。

　声というほどはっきりしたものではない。だが小夜の蝶の耳は、その声に漂う苦しみを聞きつける。

ゆっくりとそちらに進んでいく小夜に、鬼灯は逆らわなかった。

だが、小道を抜けて出た先にあったものについては、苦虫を噛み潰したような顔になった。

それは、藤の木だった。

ほとんど枯れかけて、木肌が黒くくすんでしまっている。割れた木肌にはかびのようなものが生えているのが見えた。

先端部分にほんの僅か、紫色の花をつけている。それが逆に痛々しく見えた。

「……あ」

小夜はふらふらとその木に近寄る。声がずっと聞こえていた。

痛みと悲しみ。けれどそれを言葉にする力ももはやなく、ただすすり泣くような、女の声。これは藤の木の精霊の声だろうか？

あるいは、人間の——。

「止めろ、小夜！」

木肌に触れようとした瞬間、鬼灯の手が強く小夜の腕を掴んだ。ぐい、と力任せに引き寄せられ、思わずよろめく。

「鬼灯様？」

「これは駄目だ。悪い匂いがする。――もう死んでいる」

「いいえ、死んではいません。まだ生きてる」

「だがもう虫の息だ。近寄るな」

神々が死の穢れを嫌うことは、小夜も知っている。

けれど鬼灯の神経質な様子は、単に死穢を厭っているだけではないように思え、小夜は鬼灯の腕の中で身を縮めた。

鬼灯は油断なく周囲を見回す。

「先程から我らを見ていたようだが、用があるなら堂々と出てこい。そのためにわざわざ歩いてやったのだ」

夜闇に鋭く投げかけられた声に応ずる者はいない。

だが鬼灯は、暗闇に身を溶かした何かの存在を、確かに感じ取っていた。

それはじっとりと粘ついた視線を投げて来ている。狙いは小夜だ。

「もし我が妻に害が及ぶようなことがあれば――火の神の焔は、骨一つ残さずお前を焼き尽くすことを覚えておけ」

隻眼でもなお眩いほどの金色の眼差しは、じっとりと小夜を見つめる視線を跳ね返すようだった。

だが、火の神の声を受けてなお、禍々しい気配は一向に消えることなく、夜霧のように鬼灯と小夜を脅(おびや)かすのだった。

小夜は鬼灯にしっかりと抱え込まれながら、藤の木の方を見やった。この嫌な気配が藤の木を脅かさないことを願うしかなかった。

火蔵御殿に戻ってからも、鬼灯はやけに周りを気にしていた。

いつも以上に戸締まりをしっかりとしてから、既に床(とこ)に入っていた小夜の隣に滑り込む。

明かりを最小限に絞り、本を手に取る鬼灯を見、小夜は尋ねた。

「今夜はお眠りにならないのですか」

「読みかけの本を読んでしまいたいからな」

「……うそ」

「ああ、嘘(うそ)だ。今夜は夜通し起きているつもりだ」

小夜は上体を起こし、鬼灯の指にそっと触れた。

「先程の、嫌な気配が、ここにも近づいてきているのですか」

「ああ。微弱だが今の俺には無視できない。お前を失う悪夢を二度見るつもりは毛頭ないからな」

　小夜は目を細めると、鬼灯の手に自分の頬をそっと寄せた。

「私がいなければ、鬼灯様をここまで怖がらせることもないのに」

「お前がいなければ、俺は大切なひとと共に在る喜びも知らなかっただろうよ。俺はどんな目にあっても、お前を愛したことを後悔などしない」

　そう言って鬼灯は小夜の頭を優しく撫でた。

「今日は寝なさい。疲れているだろう」

「……はい。おやすみなさい」

　撫でられていると、なぜか無性に泣きたくなって、小夜は布団に顔を埋めた。

　目を閉じると、虫の息だった藤の木のことが思い出される。ほとんど死にかけていたけれど、なぜ小夜はあの声を聞くことができたのだろうか。

　もし助けを求めているのだとしたら応じたい。だが今の状況では難しいだろう。小夜にできることは、藤の木に会った場所を記憶に留めておくことだけだった。

＊

　翌朝も鬼灯は警戒態勢を崩さなかった。

　小夜は一人での外出を禁じられ、買い物に行く場合も、鬼灯を伴うように厳命された。

特段出かける用事もない小夜は大人しく従い、火蔵御殿の敷地内で、いつも通り仕事をこなすことにした。

小夜の仕事は、花嫁であること。

と同時に、物の声が聞こえる蝶の耳を活(い)かして、高価なものも使いかけの素材も、全て一緒くたに放置されている鬼灯の火蔵を、掃除することだった。


小夜が足を踏み入れたのは火蔵の地下三階。いきなり噛みついたり、呪ったりしてくるような物はなさそうだ。

どんな物にも役目があり、寿命を迎えるまでは使い続けるのが礼儀だ。だがそんなことを言っていては、火蔵はあっという間にいっぱいになってしまう。

だから小夜は、今の鬼灯に必要なものとそうでないものを選(よ)り分ける作業をしていた。最初の方こそ鬼灯が立ち会っていたが、最近は小夜一人でもこなせるようになってきた。

「これは……。因幡(いなば)の白鳥の羽ね。確か在庫がいくらかあったはずだから、そこに加えておきましょう。こっちは硝子の水差しね」

何の気なしに水差しを覗き込むと、何か黒い魚のようなものがぴちょんと跳ねた。

小夜は慌てて顔を離し、水差しをそっと置く。

小夜はそれを目録に書き留めた。文字が書けるようになったことで、火蔵に何があるかすぐに分かるよう、目録をつけられるようになったのだ。

目録は明らかに鬼灯の役に立っているようで、小夜はそれが嬉しい。

「でも目録をつけるだけで満足していたら駄目よね。もっともっと鬼灯様のお役に立てるよう、頑張らなくっちゃ！」

一人で拳を握り締める小夜だったが、腕が棚に当たり、螺鈿の箱を落としてしまった。中に収められていた紙片らしきものが、床にぶちまけられてしまう。

小夜は慌てて箱を拾う。

「傷はついていない……みたいね。私ったら、言った側から失敗するなんて」

壊していないことに安堵しながら、小夜は床に散らばった紙片を拾い上げる。それは鬼灯の字で書かれた手紙のようだった。

小夜は拾い上げながら、妙なことに気づく。

普通手紙を書いたら送るものだ。鬼灯の手で書かれたものが、鬼灯の蔵に残っているということは、これは送られなかった手紙ということだろうか。

何気なく紙に書かれている内容を読んだ小夜は、凍り付いた。

『いつも私を励まし、力を与えてくれるあなた。あなたのことを考えると、胸がざわめいて夜も眠れない。これが恋というものだと、私はあなたに教えられたのだ』

それは明らかに、恋文だった。

心臓が止まる。何度見てもそれは鬼灯の文字で、何度見てもそれは恋心をつづる内容だった。

考えてみれば鬼灯の寿命は、人間のそれとはくらべものにならない。見た目は二、三十年しか生きていないように見えても、本当は百年以上を生きる、神なのだ。

ならば、小夜に出会う前に、好いた人間や神がいたって、おかしくはない――。理屈は分かるのに、小夜の体は絶望に支配されて強張ってゆく。体が小石を百も二百も呑み込んだように重い。

「鬼灯様には、思い人がいらっしゃった……」

恋文がここにあるということは、鬼灯は書いた手紙を送らなかったのだろうか。あるいは、恋文を受け取った誰かは、この火蔵御殿で暮らしていたのだろうか。

昨晩、小夜の頭を優しく撫でてくれた、鬼灯の手。

あの手で、他の誰かを撫でたのだろうか。小夜にしたように。小夜を愛したように。

「っ」

いてもたってもいられなくなった小夜は、恋文を摑んで火蔵の外に飛び出す。

藤の木で、妙な気配を感じた時だって、こんなに恐ろしくはなかった。

だって側に鬼灯がいてくれたから。

けれどその鬼灯が、小夜を守るように、他の誰かを守っていたことを考えると、心がざわついて言うことを聞かないのだ。

立ち止まると混乱に全てを呑み込まれてしまいそうで、懸命に駆けた。一人になりたくて、火蔵御殿の台所に駆け込んだ。

だがそこには今最も会いたくない相手、鬼灯がいた。

「どうした、小夜」

気遣うような声音が違うものに聞こえて、小夜は頭（かぶり）を振った。

こんな紙切れで、鬼灯の気持ちを疑いたくはない。それは鬼灯にも失礼だ。そう思うのに、上手（うま）く言葉が紡げない。

何と尋ねればいいのかも分からない。尋ねたところで、この恋文の相手のことを愛していたなどという言葉が返ってきたら、いよいよどうしていいのか分からなくなる。

だから、小夜は逃げ出した。

「す、少し、その辺りを歩いて参ります」

「今戻って来たところではないのか？　ああ、念の為に牡丹を連れて——小夜？」

鬼灯の声を振り払い、くぐったばかりの勝手口を飛び出す。

今日は敷地内にいろと言われたことをすっかり忘れ、火蔵御殿の外へと飛び出した小夜は、必死に走る。

とにかく、一人で隠れられる場所に逃げ込みたかった。考えをまとめる時間が欲しかった。

混乱する小夜の耳を、小さな声が射抜いた。

『お前』

それは嫌な声だった。使い古した道具が壊れる寸前のような、今にも折れそうな枝がしなるような。

振り返った小夜は、そこに一匹の黒猫を見る。

ほんの僅か、藤の花の匂いがした。

『見つけたぞ。清めの力を持つ優れた女。お前ならば……！　あの娘を……！』

黒猫の口がにたりと裂け、泥のような影をじわりと伸ばす。真っ黒な影はやがて、黒いぼろぼろの水干をまとった、長い髪の男へと姿を変じた。

逃げようと思っても、足がすくんで動かない。小夜は己の失態を悟る。

鬼灯の言う通り、火蔵御殿から出てはいけなかったのだ。

だがもう遅い。小夜は蛇に睨まれた蛙のように動けない。

「あなたは誰」

『我が名は空亡。さあ行け、お前の使命を果たせ！』

影がぞろりと伸びて小夜を呑み込む。小夜の身に眠る火の神の加護が、その影をしばらくの間退けていたものの、抗いようのない力が、ついに小夜を搦めとる。

『手間取らせるな……！　くそっ、火の神の加護というのは厄介だな！』

右腕に酷い火傷を負いながらも、小夜を捉えた影の腕は、地面の方へ強く強く引っ張ってゆく。小夜は抗い切れず、奈落の底へと落下する。

落ちる小夜の方へ足を踏み出し、自らも落下しようとする空亡は、なぜか顔を歪め、自分の手を凝視していた。

『まさか、あいつの妨害か!?　だめだ、五十年前では遅すぎる！』

その言葉の意味も分からぬまま、小夜はひたすら落下し続け、そのうち意識を手放した。

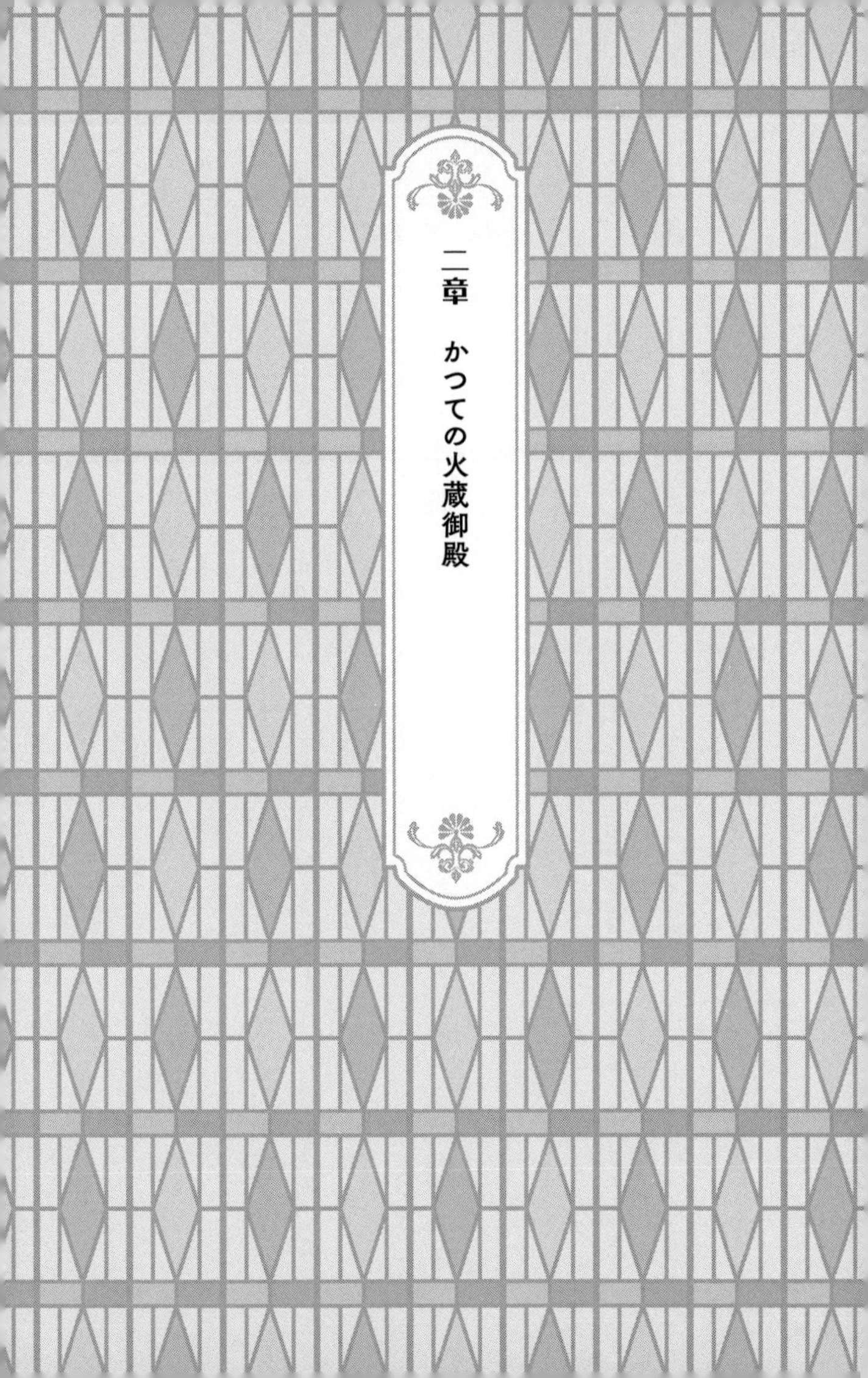

二章　かつての火蔵御殿

嫌だ、という強い拒絶の意思は、小夜の体を鋭く貫いた。

それは小夜の感情ではない。小夜はこれほど強く何かを拒否したことはなかった。

暗闇に目を凝らせば、ぼうっと浮かび上がってくる少女の姿がある。小夜と同じ年頃の娘は、身に着けているものや気配からして、巫であるようだった。それもとても洗練された。

だが彼女は、巫としての慎みも振る舞いもかなぐり捨てて、ただ獣のような眼光で闇を睨みつけていた。

「私はあなたのものにはならない」

鞭のような言葉だった。小夜はその巫が何かを握っていることに気づく。

刃物、だろうか。よく見えない。暗闇が徐々に巫の姿を蚕食してゆき、夢が夢へと小さく折りたたまれてしまう。

闇の中で何かが身じろぎしたような気がしたが、よく分からない。

巫は小夜も闇も全てを拒絶し、小夜はその先を夢見ることを許されなかった。

小夜の意識が徐々に浮上する。

鬼灯の側を離れるのではなかった、という後悔が苦く舌の上に広がり、目を開けることを拒んでいると、小さな声がぽつりと届いた。

おきて、という声は恐らく人間や神のものではあるまい。蝶の耳でしか聞き取れないささやかな声。

小夜はゆっくりと目を開け、辺りを見回す。

そこは見慣れた、火蔵の中だった。ただ調度品の配置が記憶と異なっており、違和感があった。

小夜が体を起こすと、側にあった女性の美人画が、安堵の息をつくのが分かった。

「……あなたが起こしてくれたのね。ありがとう」

体は冷え切っており、固い床の上に寝転がっていたため、節々が痛かった。一体どれほどの間、意識を失っていたのだろう。

「ここは火蔵……よね？」

問いかけに美人画は是と返す。

ならば小夜は、戻ってきたのだろうか。あの空亡という男に、大きな穴に突き落とされたと思っていたが。

それにこの美人画。火蔵の掃除のときは見なかったが、小夜が掃除した後に出てきたのだろうか。

蔵の中の声も何だか微妙に調子が違っているような気がする。

「そうだ、恋文……」

胸元にしまいこんだ恋文が、嫌な存在感を放っている。まだ鬼灯に面と向かって尋ねる勇気は湧いてこないが、ひとまず火蔵御殿の方に戻って、無事を知らせた方が良いだろう。

そう考えた小夜は、火蔵の外に出た。

「……え？」

見慣れた洋風の火蔵御殿は消え失せ、代わりに瓦屋根の大きな屋敷が目の前に広がっていた。

小夜は一瞬目を疑う。けれど火蔵は本物だ。小夜の知る火蔵であり、傍らに植わった木も少し小さいが記憶通りである。

ならば、目の前の屋敷は一体。

愕然とする小夜の前に、一陣のつむじ風が現れる。

そのつむじ風はあっという間に人の形を取り、厳しい声で小夜に尋ねた。

「何者だ。俺の結界を掻い潜って盗みに入るとは、良い度胸だな」

小夜は言葉を失う。

目の前の青年は、声の調子といい、美しいかんばせといい——鬼灯そのものだったからだ。

ただし、年齢が違う。小夜の知る鬼灯はもっと落ち着いた雰囲気だが、青年はまだ二十歳かそこらに見える。

青年は金色の輝くような目ではなく、赤銅色の眼差しをしていた。

それも隻眼ではない。両目から注がれる敵意が、小夜をすくみ上がらせた。

「鬼灯さま……?」

小夜の呟(つぶや)きに、青年は眉をひそめた。

「なぜ泥棒が俺の名を知っている?」

「ど、泥棒ではございません。小夜と申します」

「ふん。神に対して律儀に名を名乗るとは、馬鹿な奴(やつ)」

鬼灯という名を持つ神は、背中ほどまでに伸ばした茶色の髪を無造作にくくり、当て布だらけの黒い着物を乱暴にまとっている。手はタコと傷だらけだ。

タコと傷のできたその手は、小夜が知る鬼灯のものと似ているように見える。火の神として物作りに打ち込む鬼灯の、いわば勲章のようなものだ。

外見は鬼灯にそっくりだし、名前も鬼灯というらしい。

だが、小夜の知る鬼灯から感じられるほどの強い神気はないようだ。

考え込んでいると、鬼灯が乱暴に小夜の両手を後ろに回し、術でぎりぎりと縛り上げてきた。その手つきは容赦ないもので、小夜は慌てて尋ねる。

「鬼灯様、私をご存じではないのですか」

「お前など知らん」

「そう、ですか……」

やはりここは、小夜の知る火蔵御殿ではないのかもしれない。

小夜は強く背中を押され、瓦屋根の屋敷の方に足を向けた。

と、火蔵に面した廊下に、一人の男が現れた。

相対しただけで分かる凄まじい神気を持っている。恐らくは神だ、それもとても高名な。

赤茶色の着物に黒い羽織を纏った老翁だ。いかめしい顔つきで、梟のように鋭い金色の目をしている。

じわりと重い神気を放っている老翁に対し、小夜は後ろ手に縛られながらも、頭を下げた。神は、小夜を見ると少し驚いたように目を見開いた。

「火の神様！　侵入者です！」

「あ、あの方が、火の神様であらせられるのですか」

「そうだ。俺のお師匠様でもある」

どこか得意げな鬼灯の言葉は、小夜には聞こえていない。

あの老翁が火の神だとすれば、もしかして彼は、鬼灯の前代の火の神だろうか。

ということは、つまり。

「私は、昔の火蔵御殿にいるということ？　だから鬼灯様も、こんなにお若いの？」

「妙な客人もあったものだ」

老翁の厳かな、しかし優しい声に小夜が顔を上げると、彼はいつの間にか小夜の目の前に立っていた。

背はかなり高い。巌のような手が、小夜の顔の前にかざされる。

「夜の気配を放っている。だが同時に、火の神の加護をも感じる」

そう呟いた火の神は、口元にふと笑みを浮かべた。

そうすると、今まで威圧的な光を放っていた金色の目が、柔らかく緩み、月の光のような印象を与えた。

「人間の娘よ、名は？」

「申し遅れました。小夜と申します」

「我が名は金剛。お前はどういうわけか、別の時間からここへやって来てしまったようだな。それも恐らくは、我らが観測することの能わぬ『これから』より参ったのであろう」

「そんな……。そんなことが、あり得るのでしょうか」

「異なる時を生きている者が、違う時に迷い込んでしまうことは、あり得ぬことではない。我らはそれを客人（まろうど）と呼ぶ」

　小夜は自分が遡った年月の重みを測りかねていた。鬼灯が年若い姿であることや、建物や金剛の装いからして、結構な昔ということは分かる。小夜がいた時間と比べて、十年以上は確実に隔たっているだろう。

　周りには金剛も鬼灯もいるというのに、小夜は急に独りぼっちになったような錯覚に陥った。ここには誰も小夜を知る者はいないのだ。

「私は、どうしてここへ……いえ、そもそも、私は帰ることができるのでしょうか」

　体の中で不安が形を取ってうごめいているような気がして、落ち着かない。小夜は途方に暮れて俯（うつむ）いた。幼子のように泣いてしまいたくなったが、神の前でそんな無様を晒すまい、と唇を噛んで堪（こら）える。

　鬼灯はそんな小夜の様子を見て、困ったように呟いた。

「お前、本当に盗人（ぬすびと）ではないのか」

「見れば分かるだろう。この娘に下心がないことを見抜けぬようでは、お前もまだまだ未熟。さあ、拘束を解いてやりなさい」

　鬼灯は渋々といった様子で小夜の拘束を解いた。両手が自由になった小夜は、手首をさすりながら、目の前に立つ金剛をおずおずと見上げた。

金剛は小夜を励ますように微笑んで、小夜の額に手をかざす。

「お前の様子をもう少し詳しく見せて欲しい」

金剛の手のひらに円盤のような術式が現れ、朱色に輝き始める。全身を暖かい風が撫でてゆくような感覚に包まれ、小夜は静かに息を吐いた。

やがて術式が静かに収縮し、朱色の光が消える。

「……お前は時間を遡る術をかけられ、ここへ飛ばされてしまったのだな。夜の眷属に会ったことはあるか」

「夜の眷属という方に覚えはないのですが、ここへ来る直前に、空亡と名乗る者に術をかけられました。そうして気づいたら火蔵にいたのです」

「ではその空亡が夜の眷属なのだろう。だが術式は美しくないな」

「お師匠様、術式が美しくないとはどういうことでしょうか」

横から投げかけられた鬼灯の問いに、金剛は頷いて説明した。

「良い術式というものは、その構成が分かりやすいということだ。破綻や歪み、もつれ、過不足ない術式こそ優れた神の用いる術式となるが、これは……。まるで焼け跡に残された巻物のように、あちこちが抜け落ちている」

「それでも術は成功するものなんですね……」

鬼灯の言葉に、小夜ははっと思い出し、おずおずと口を挟む。

「あの、お伝えするのが遅くなり、申し訳ないのですが……。空亡は私に術をかけた後、こう叫んでいました。『まさか、あいつの妨害か。五十年前では遅すぎる』と。それに私には、神様の加護がありますので、それも空亡の術を妨害したようです」

その言葉に金剛が眉をひそめた。

「理解した。私が読み取った術式では、お前をもう少し隔たった時代へ飛ばすつもりだったようだ。もっとも、これほど破綻しかけた術式では、妨害を受けていなくても、正しく作動したかどうか分からぬが」

金剛はそう言って、喉の奥で微かに唸った。

「正しく成立した術ならば、私が干渉することもできようが……。成立していることが奇跡のようなこの術を下手に弄れば、お前の身に危害が及びかねん。それに時間を遡る術というのは、私も扱ったことがないゆえ」

小夜は俯いた。火の神ほどの実力があっても、空亡の企みを阻止することは難しいようだ。

「その空亡とやらは、何を目的としてお前をここへ送り込んだのだろう」

「それが、私にも見当がつかないのです。申し訳ございません」

「お前が謝ることではない。すべきことも伝えられぬまま、時を遡って送り込まれたとは。お前も随分な難題を押し付けられたものだな」

金剛は苦々しそうに呟いたが、小夜の肩に手を置いて、力強く頷いてみせた。

「だが私も火の神だ。困っている人間を見捨てるなど道理にもとる。お前が元いた場所に帰れるまで、ここで暮らすと良い」

「あ……ありがとうございます！」

「帰る方法も探してみよう。もっとも、仕事の合間のことになるが」

「いえ、置いて頂けるだけで十分です。私も自分で帰る方法を探します」

帰る手段はまだ分からないが、少なくとも雨露をしのぐための場所は与えてもらえた。その事実に胸を撫で下ろしながら小夜が頭を下げると、鬼灯が仏頂面で異議を申し立てた。

「お師匠様、本気ですか？　こんな得体の知れない人間を火蔵御殿に置くなど」

「既に名前も知っているし、これほど清らかな気を持つ娘は珍しい。それに考えてみれば、人手が増えたのは良いことではないか？　私たちは常に新しい術の開発に忙しく、家のことまで手が回っていない」

「怪しい人間を入れるくらいなら、俺が家事をやります！」

「どうだか。生煮えの潮汁(うしおじる)には、さすがの私も飽きてきたぞ」

鬼灯は口の中で何かもごもご言っていたが、言い返せないようだった。どうやら昔の鬼灯は、小夜の知る鬼灯ほど料理が上手くないらしい。

　納得がいっていない顔で、じろじろと小夜を観察していた鬼灯だったが、やがて観念したようにため息をついた。

「……確かに、困っている人間を助けるのは、火の神の務めだ。俺は火の神の後継者だからな、そのくらいのことはしてやる」

　そう言って小夜を見る目は、小夜のよく知っている隻眼とは色が違っていたけれど。よく見れば、小夜の知る鬼灯と同じ優しさを湛(たた)えていた。だからきっと、彼は小夜の知る鬼灯の、昔の姿なのだろう。小夜はそう思った。

「ほう？　手のひらを返したな」

　からかうような金剛の口調に、鬼灯はむすっとした顔で答える。

「ただの小娘に、そこまで警戒する必要もないと思っただけです」

　そして、狼(おおかみ)が牙を剝(む)きだして威嚇するように、小夜をねめつけた。

「だからといってあまり俺を侮るなよ。お前が何か企んでいるようなら容赦しない」

　高らかに宣言する鬼灯の膝の裏を、金剛の足が容赦なく蹴り飛ばした。

　がくんと前のめりに転ぶ鬼灯が、恨めしげに金剛を見上げる。

「お前の方こそあまり吼(ほ)えるなよ。後継者と言ってもかりそめのもの。お前が私の眼鏡にかなう神になれないようなら、容赦なくお前を追い出すぞ」

「望むところです！　最初からそのつもりで、住み込ませてもらっているわけですから！」

鬼灯は火の神の後継者らしい。ただしそれは盤石なものではなく、鬼灯の努力次第、ということだろうか。

けれど小夜は知っている。鬼灯がちゃんと火の神の名を継ぐことを。

でもそれはまだ口にしてはいけないような気がして、小夜は居住まいを正した。

「鬼灯様にも私のことを信じて頂けるよう、努力致します」

「……ふん」

鬼灯はふいとそっぽを向く。

やはり急に目の前に現れた人間は、信用に値しないということだろうか。悲しいが、仕方のないことだと小夜は自分に言い聞かせる。

と、金剛が鬼灯の耳元に口を寄せ、何事か囁いた。

その瞬間、鬼灯の顔が赤く染まる。

「な、お、お師匠様!?」

「はは、図星か。まあ、お前にしては良い趣味だと褒めてやろう」

「違う、断じて違いますからね！　ただ俺は、身寄りのない人間をあまりいじめるのはかわいそうだと思って」

「慈悲深くて結構なことだ。その調子で励め」

きょとんとしている小夜をよそに、金剛は鬼灯に、客間を掃除するよう言いつけた。まだ何か言いたそうな顔をしながらも、不承不承といった様子で母屋の方に去っていく鬼灯を見送って、金剛は小夜に向き直った。

「先程の術で分かったが、お前には次代の火の神の加護がかかっているな。ゆえに、お前は恐らく、次代の火の神の花嫁なのだろう。だがお前が花嫁であることや、これから何が起きるかということについては、鬼灯には言わないで欲しい。修行中の身ゆえ、些細(ささい)な刺激でどう転ぶか分からぬ」

「ではやはり、あの鬼灯様は、私の知る鬼灯様なのですね」

金剛は頷いた。

それならば、自分が次代の火の神の花嫁であることは、確かに言わない方が良いだろう。まだ小夜のことなど不審者としか思っていない段階で、自分の将来の花嫁であると明かされても、不愉快なだけだろうから。

「はい。鬼灯様には、この先のことは申し上げないように致します」

「ああ。もしお前が自分の花嫁だなどと知れば、あいつは舞い上がって使い物にならなくなるだろうからな」

「舞い上がる……？」

「自分の好みの姿をした娘が、これから花嫁になるなどと知れば、若い神が逸るのも無理からぬことだろう？」

「こ、好みの姿……ですか？」

つまり、今の鬼灯は、小夜の外見が好きだと言うことだろうか。

それを先程金剛にこっそりと指摘されて、顔を赤くしていたのか。

小夜は面食らいながらも、赤らんだ頬を隠すように手を添えるのだった。


金剛と鬼灯によって案内された火蔵御殿は、石戸家の造りに少し似ていた。伝統的な平屋で、部屋は障子で仕切られている。

小夜には小さくて清潔な部屋が与えられた。金剛は、何度も礼を言う彼女を、今度は厨に連れてゆく。

そこは小夜の知る火蔵御殿の台所ではなかったものの、場所は同じだった。竈に鉄釜、大きなまな板が新品同然で並んでいる。

「行商人から食材を買っても良いし、街の方に買い出しに行っても良い。その際は鬼灯を供につけよう」

「俺にだって修行があります、お師匠様」

「だが小夜一人で行かせるわけにもゆくまい。これほど清い気を持ち、更には蝶の耳を持つ少女だ」

「蝶の耳……？　物の声が聞こえる程度でしょう、異能とも呼べない異能だ」

鬼灯の言葉に、小夜は何だか懐かしい気持ちになった。石戸家ではそう言われて、蔑まれていたものだ。

けれど、火蔵を掃除するために蝶の耳を駆使してきた小夜にとって、その言葉はもう響かない。

だってもう、自分の耳が鬼灯の役に立つことを、小夜は知っている。

「蝶の耳はちっぽけな力ですが、新鮮な食材を買うのにも、火蔵のお掃除にも役立ちますよ。損はさせません」

「だそうだ！　お前よりもよほどしっかりしているぞ、鬼灯」

「ふん。大体お前がどこかの神の間者でないとどうして言える？」

「それは、私がこれから証明してゆくほかありませんね」

身の証を立てる術は、今の小夜にはない。

けれどこれだけは言える。小夜は、鬼灯のためなら、どんなことだってできる。

小夜の知るよりもいくぶん若い鬼灯は、面白くなさそうに鼻を鳴らした。

その晩、小夜は新しい寝具の匂いになかなか寝つけずにいたが、ややあってそっと立ち上がった。

廊下に面した障子を静かに開けると、そこには刀を抱えた鬼灯が、むすっとした顔であぐらをかいて座っている。

「あの、鬼灯様もお休みになった方が良いと思うのですが」

「お前の正体が分からん以上、野放しにするつもりはない。お前がお師匠様の寝首をかかないとは限らんからな」

鬼灯はじっとりと小夜の姿を睨み付ける。

「可憐（かれん）な娘を装いながら、お師匠様を殺して火の神の後釜に座ろうという奴を、今までに何人も見てきた。お師匠様はお優しいから、全員見逃してきたが……。俺はそれが良いことだとは思わない」

「火の神様の後釜、でございますか」

そう言えば鬼灯が以前言っていた。火の神や水の神といった高名な神は、代替わりをすると。

「鬼灯様が火の神様の後継者ではないのですか」

「……まだ、確定ではない。だがほとんど決まっているようなもんだ」

「そうですね。私もそう思います」

「何だそれは。どういう意味だ、俺には火の神になる資格がないという嫌みか？」

顔色を変えて詰め寄る鬼灯。背が高く、威圧的ではあるものの、小夜はそこまでの恐怖心を感じていなかった。

彼は怯えているだけで、虚勢を張っていることがよく分かったからだ。

だから、気休めにしかならないと知りながらも、目を見てしっかりと告げる。

「いいえ。私は鬼灯様が、次の火の神様にふさわしいと思います」

「……」

鬼灯は不服そうに顔を歪めた。何を言ったら笑みを浮かべてくれるのだろう、と少しだけ寂しく思いながら、小夜は廊下に視線をやる。

「ですので、今日はお休みになった方がよろしいかと。私が悪さをしないかどうかご不安なら、この辺りに鈴を張り巡らせてはいかがでしょう？　鈴が鳴ったら、私が夜部屋から出たと分かりますし」

「……いや、いい。今晩は夜霧が出ている。人間にとっては体に毒だろう。できるだけ部屋の中にいろ」

短く言って鬼灯は踵を返した。小夜の部屋の前での見張りは止めたらしい。

その後ろ姿を見送り、小夜は自室に戻った。

なかなか寝つけない夜が、音もなく更けてゆく。

＊

どうしたら元いた時代に戻ることができるのか。

小夜は、空亡と名乗る人物に無理やりここへ送り出された。

しかも空亡は「使命を果たせ」と言っていた。その使命とは一体、何なのだろう。

その使命を果たさなければ、元いた時代には戻れないということならば——小夜の夫である鬼灯に会うためにも、全力を尽くさなければならない。

しかし、すべきことが分からないのではどうしようもない。小夜は困り果てていた。

金剛は空亡を捜すために様々な術を使ったが、行方が分からないままだった。

勝手が分からない場所を、自分の足で捜すわけにもいかないので、小夜は火蔵御殿での新たな仕事に取りかかり始めていた。

それはもちろん、掃除人としての仕事である。

「鬼灯、何度も言わせるな。素材が違う。術式を組み上げるために必要な要素を言ってみろ」

「作りたいのは護符です。ですから、対象に対する呪術を展開して」

「違う、まずは相手の攻撃を分析する必要がある。その攻撃が剣によるものなのか、あるいは呪いによるものなのか？　それが分からぬことには対策を取りようもない」

小夜がここで暮らし始めてから一週間。金剛の、鬼灯に対する教育は厳しかった。漏れ聞こえてくる声はどこまでも容赦なく、鬼灯はそれに食らいつくので精一杯といった様子だ。

疲弊しきっている鬼灯のために、小夜は食事を作ったり、身の回りの世話を焼いたりした。鬼灯が術を失敗させて、部屋を一つ黒焦げにしたときも、あくまで成功したという態度を崩さない鬼灯をおだてながら、一緒に掃除をした。

鬼灯はいつも仏頂面で、あまり機嫌の良い時はなかったが、小夜と一緒にいる時は協力的だった。話しかければ返事もしてくれ、小夜が重い物を持とうとすると、横からさっと持って行かれる。

そんな微かな優しさに触れるたび、小夜は夫の鬼灯のことを思い出すのだった。


よろよろと厨に入って来た鬼灯に、小夜は冷たい水を手渡す。

一気にそれを飲み干した鬼灯は、長いため息と共に板の間にどっかりと腰かけた。

「お師匠様は厳しすぎる！」

「細かいところまで指摘されていらっしゃいますものね。でもそれは、期待されている証だと思います」

「違う、俺が不出来だから、お師匠様にあれほどきつく言われるんだ。このままだと後継者から降ろされるかもしれない」

素っ気ない風を装っているが、声には不安が滲(にじ)んでいた。

小夜は昼食の支度を一旦止めて、鬼灯に向き直った。

「そうでしょうか？　金剛様はお忙しい身ですし、見込みのない人には何も言わず、放っておくのではないでしょうか」

「……」

「厳しく言ってもついて来られる実力があるからこそ、金剛様は手加減なさらないのだと思いますよ」

「利いた風な口をきく」

「鬼灯様は大丈夫ですよ。きっと立派な火の神様になられます」

この先に起こることを知っているからこそ、小夜は断言できる。

鬼灯本人は、信じられないと言った表情で板の間に腰を下ろしている。

自信を無くしている今は、励ましの言葉が逆効果なのかもしれない、と思った小夜は、慌てて言葉を継ぐ。

「私などにこんなことを言われても、かえってご迷惑ですね。申し訳ございません。

もうすぐ昼餉ができますのでお待ち下さいね」

鬼灯はしばらく厨で立ち働く小夜の後ろ姿を見ていたが、立ち上がると竈の火に手をかざし、火の勢いを弱めた。

危うく汁物が沸騰し始めてしまうところだった。小夜はにっこりと笑う。

「ありがとうございます、鬼灯様」

「別に。食い物がまずくなったら嫌だからな」

「生煮えの魚を師匠に食わせた奴が何を言っている」

苦笑しながら現れたのは金剛だ。薄い桐の箱と紐を手にしている。

小夜は昼食の準備をしながら、その手にちらりと目をやった。

あの箱は逸品だ。作り手の意図をしっかりと理解しており、自らの存在に誇りを持っていることが分かる。きっと、大切な品を納めるためのものなのだろう。

金剛が小夜に尋ねた。

「小夜。この箱を何に使うか分かるか」

「立派な箱ですので、何かの贈り物に使われるご予定でしょうか」

「その通り。私の仕事は物を作ることだが、人々が持ち込む呪いや呪具を清め、祓うことも含まれていてな。護符の作成もまた大事な仕事の一つだが、護符をむき出しで運ぶわけにはいかん。その際にこういった箱が活躍する」

金剛はおもむろに箱を小夜に手渡した。小夜は慌てて手巾で手を拭ってから、その箱を受け取る。

近くで見るとますますその箱の美しさと質の高さが分かる。紐も夜空のような濃い紺色に、銀の糸が組み込まれており、その細工の細やかさが綺麗だった。

礼を言って箱と紐を返すと、金剛はそれをしげしげと見つめた。

「……ふむ。お前の清めの力は、人間にしてはかなり強いようだな」

「妙ではないですか、お師匠様。それほど強い力を持っているのなら、どこかの神に巫として仕えていてもおかしくはないと思います」

そう訴えた鬼灯は、不審そうな目で小夜を見た。

「やっぱりお前、お師匠様の動向を探る間者じゃないのか」

「あるいはどこかの神の花嫁という可能性もある」

からかうように金剛が言うと、鬼灯は虚を突かれたような顔になった。

「花嫁？　神の花嫁なのか、お前？」

「ええと、私は花嫁になるための教育を受けておりませんので……」

小夜が言葉を濁すと、鬼灯はふっと鼻で笑って、

「お前が神の花嫁なわけがないか。花嫁にするにはあまりにも貧弱すぎるもんな」

「鬼灯、思ってもいないことを口にするのは止めろ。神の言葉は力を持つことをゆめ

忘れるな」

「……はい」

「さて、それを踏まえてもう一度、やり直し」

鬼灯はぐぬぬと唇を噛み締めていたが、やがて観念したように小夜の方に向き直った。

「——気は清らかだし、蝶の耳もあるし、器量もまあ……わ、悪くはないからな。お前が神の花嫁にふさわしいということは、認めてやる」

「あ……ありがとうございますっ！」

「別に褒めたわけでは……お、お師匠様！　笑わないで下さい！」

金剛は肩を震わせてくつくつと笑っていた。

そんな風にころころと変わる鬼灯の表情を、小夜は新鮮な気持ちで見つめていた。

小夜の知る鬼灯は、小夜をからかって遊んだり、牡丹と皮肉交じりの会話をしていたりしたが、こうしてからかわれる側になっているのを見るのは初めてだ。

むきになって反論している鬼灯を、可愛いとさえ思う。

鬼灯の新しい一面を知って微笑む小夜の顔を見て、鬼灯はふいと顔を背けた。

けれど、心が和むことばかりでもない。

金剛が時折臥せるようになったのだ。

鬼灯によると、そう珍しいことでもないのだという。術を使いすぎるとこうなるのだ、と真剣な顔で言った。

「失礼致します。白湯をお持ち致しました」

「ああ、小夜。入ってくれ」

小夜が火の神の部屋に入ると、金剛は布団から上体を起こしたところだった。金色の目には疲れが滲んでいる。

金剛は、側にあった薬包の中身を口に放り込むと、白湯で流し込んだ。

「寿命が近いと、なかなか思う通りに動けぬから閉口するな」

「そんな……」

神という存在は、人間が側にいる限り、永遠にその命を保っていられるものだと、小夜は思っていた。金剛がもうじき死んでしまうようには見えないし、そう思いたくはない。だから、金剛の言葉に抗うように口走っていた。

「私の目にはお元気そうに見えます」

「姿だけ見れば、まだまだ死にそうにはないだろうが……神気が底を突きかけている」

神を神たらしめる力、神気。それが枯渇してしまえば、いかに健康そうに見えたとしても、神としての寿命は尽きることになる。

「神気を蓄える術はないのでしょうか」

「なくはないが、私は仕える巫を失って永いからな。肉体の方も限界だ。そこにいくら神気を注いだとて、割れた器に水を注ぐようなものだ」

自嘲的に笑った金剛の目が、決意を帯びる。

「ゆえに、私が死ぬ前に、火の神の名を鬼灯に譲らねばならぬ」

金剛曰く、神の座というものは、奪うこともできるのだそうだ。

寿命の近い神を殺し、その力を奪って神の座につくこともできる。

鬼灯が小夜を間者と怪しみ、侵入者に神経を尖らせていたのは、恐れ多くも火の神を殺め、その座を奪い取る不埒な輩を警戒していたわけである。

「火の神は代々強い力を持つ神だ。その強い力を受け継ぐ後継者が誰になるのか、以前から注目されていた。だが私は早々に鬼灯を後継者として指名した」

「……確かに、そちらの方が不要な争いを避けられそうですが」

「賢い娘だ。そう、先んじて後継者を指名してしまえば、表だった争いはなくなるからな」

だが鬼灯を後継者として指名した大きな理由は、鬼灯が火の神に最も近い素質を持っているためだった。

「元々鬼灯は工房の安全を守る神として人間に崇められていた。あの通り年若いから、まだまだ向こう見ずなところはあるが――火の神として大切な素質を持っている」

「大切な素質とは一体何でしょう」

「仕事に真摯であることだ」

「でしたら、鬼灯様は適任です」

小夜は、仕事に妥協しない鬼灯の姿を、ずっと側で見てきたのだ。

太鼓判を押す小夜に、金剛はふと微笑む。

「火の神には重要な仕事がある。穢れを清め、祓うことだ。……だがこの力は代償が大きい。焔と共に己が身も焼き尽くしかねん」

小夜は微かに眉を寄せた。

「もしかして、火の神様は、御身の寿命を削って、穢れを清めていらっしゃったのですか」

金剛は答えず、ただ笑っていた。

「他人の穢れなど祓わない方が、長生きできるのだろうが、私はどうしても見過ごせないのだ」

仕事に真摯であること。まさにそれを体現しているのだ。

情熱が、その身を焼き尽くさずにはいられないのだろう。金剛が心身共に強い神であることを肌身で感じ取った小夜は、何も言えずにそっと顔を伏せる。

鬼灯が穢れを清める仕事をしているところは見たことがない。けれど、清めが火の神の仕事の一つであるならば、いずれ鬼灯も金剛と同じ道を辿るのだろうか。

妻としては、それを止めたいと思う。けれどそれが火の神の責務であるならば、鬼灯はきっとそれを放棄しないだろう。夫たる者が決意を固めたのであれば、小夜ができることは何もない。

悩む小夜を見、金剛が静かに口を開く。

「これは私の見立てだが、小夜、お前の清めの力には、火の神の力が少し混じっているな。恐らくお前の夫たる火の神の方にも、お前が元々持っていた清めの力が混ざっているのだろう。だからきっと、お前の夫は私より長生きできるのではないか」

小夜ははっと顔を上げる。

「私と婚いだことで、私の夫が寿命を延ばせるというのならば、それに勝る幸せはございません」

「ははは。鬼灯に聞かせてやりたいな」

二人はあまり小夜の夫が未来の鬼灯であるとは口にしなかった。

それは、どこかで鬼灯が聞いているかもしれないという用心のためでもあったが、金剛自身が先のことを口にするのを避けるからでもあった。

神の言葉はそれだけで力を持つ。不用意に言葉を述べて、未来に影響を与えないようにしているのだろう。

思慮深い金剛は、小夜の顔を見て小さなため息をつく。

「お前を元いた時代に戻してやりたいのだが、この体ではそう動けぬ。口惜しいものだな」

「いえ、それは私の事情ですから。ここに置いて頂けているだけでも、大変ありがたく思っております」

「せめて空亡がお前に課した使命が何であるか、それだけでも判明すれば……」

そう呟いた火の神は、手のひらの上に焔を呼んだ。青白い焔の中から四角い箱のようなものが現れる。

箱には、青い蝶の模型が収められていた。羽根の模様には螺鈿が施されており、繊細な触角は竹細工でできている。箱は手の中に収まる程度の大きさで、とても軽い。

差し出された箱を小夜が受け取ると、中にいた蝶が微かに羽ばたいた。

青い羽根が角度を変えて、濃い翡翠色(ひすいいろ)にも銀色にも見える。

「綺麗です」

「それは『夜』に反応する。空亡は夜に属するものだ。夜の眷属、いや、もしかしたらそれ以上の……」

言いかけた金剛は、静かに頭を振った。

「断言はすまい。これから外に出る際は、その蝶を携えて行くと良い」

「はい。ありがとうございます」

「これだけのことしかしてやれないのが口惜しい。この身が今少し壮健であれば」

小夜は首を振るが、火の神は苛立(いらだ)ったように拳を握り締めるばかりだった。


翌日、小夜は早速蝶の箱を懐に入れ、街に買い物に出かけようとした。

すると、その気配を察知した鬼灯がやって来る。そうして無言で小夜の横を歩き始めるのだ。どんなに忙しくても、小夜の買い物に付き従えという師の教えを守っているのである。

自分の職務に忠実であるところは、今も昔も変わらないらしい。

「今日の夕飯は何だ」

「そうですね、頂いたばかりの筍(たけのこ)があるので、そちらで炊き込みご飯でも作ろうかと思っています」

そうか、と言ったきり、鬼灯は喋(しゃべ)らなくなった。

沈黙の中を二人はゆっくりと歩いてゆく。鬼灯が自分の歩調に合わせてくれていることを、小夜はよく分かっていた。

近くの街は小規模だが、行商人が野菜を籠に入れて売り歩いていたり、甘味も取り扱っていたりして、便利な場所だった。

小夜はそこで油揚げと山椒の葉を求めた。

「鬼灯様は山椒がお嫌いですよね。鬼灯様のご飯にはのせませんから」

「俺が山椒嫌いだとなぜ知ってる？　今まで言ったことがあったか？」

「そ……それは、見ていれば分かります！　香りの強いものが苦手なのではと、そう思いまして……」

夫の鬼灯が山椒嫌いだから、などとは口が裂けても言えず、言い訳する小夜を、鬼灯は不審そうに見つめていた。

用事を済ませたらさっさと引き揚げるのが、小夜と鬼灯のやり方だ。

どこかの茶屋で休んで行こうとか、遠回りして行こうとか、そういう提案はどちらからもなされない。

けれど小夜は、この短い往復が楽しくもあった。鬼灯と共にいられるだけで、心のどこかが喜んでいる。

と同時に、どこかぎこちない沈黙は、横にいる鬼灯が、小夜の大好きな鬼灯ではない、ということを思い知らせてくるのだった。

街で人間はあまり見かけない。たまに見かけたとしても巫のようで、どこか厳粛な雰囲気を持つ者が多かった。

すれ違った巫の娘をちらりと横目で見た鬼灯だったが、やがて小夜の横顔をじっと見つめ始めた。

「……あの、鬼灯様。私の顔に何かついていますでしょうか」

「別に何も。ただ、あの巫とお前はどこが違うのだろうと思っていただけだ」

「恐らくあの方は、きちんと巫としての教育を受けていらっしゃるのだと思います。だから私とは違うのでしょう」

「そういう意味じゃ……待て、ということはお前、巫の教育を受けていないのか」

「お恥ずかしながら、文字も読めない有様でした」

小夜は自分の身の上を少し話した。

巫の血筋である石戸家に生まれたが、母を亡くしたあとは後妻とその娘に、使用人のような扱いを受けたこと。

だから、巫の家に生まれながらも、巫としての教育はほとんど受けられなかったこと。

すると、鬼灯は驚きに目を見開き、眉を険しくひそめた。

「忌々しい連中だ。己の保身しか考えず、弱い者に全てを押し付ける」

吐き捨てるように言ってから、労るように小夜を見つめる。

「辛かっただろうな」

「確かに、辛くはありましたが……。そんな時に出会ったひとが、私を花嫁に迎えて下さいました。文字も付きっきりで教えて下さったのです。優しい方です」

親から見捨てられた自分に居場所をくれたのは、五十年先のあなたなのです。

そう言えたらどんなに良いだろう。けれど鬼灯に先の話をしてはいけないと言われている。

せめて感謝の念を込めて鬼灯を見上げれば、年若い神はすねたような表情を浮かべていた。

「お前、夫がいるのか」

「え？　ええ、おりますが」

「神の花嫁ではないと言ったくせに。人間の夫なのか」

「いえ……その……」

「そいつは、お前が大事そうに胸元に入れている文を送った相手なのか」

小夜は反射的に胸元を押さえる。鬼灯の恋文を見つけてからずっと、肌身離さず持ち歩いていた。捨てようかと思ったこともあったが、できなかった。

その手を鬼灯が摑んだ。強く力を込められて、小夜の表情が痛みに歪む。

「お前は、そいつのところに帰りたいのか」

「っ……はい。帰りたいです。でもどうしたらいいのか分からなくて」

唇が震える。目の前にいるのは紛れもなく鬼灯なのに、小夜の求める鬼灯ではない。

小夜の知っている鬼灯は、こんな力で小夜の手を摑んだりしないし、逃げ場がなくなるほど小夜を追い詰めたりはしない。

急に寂しさが込み上げてくる。自分を花嫁に迎えてくれた、あの鬼灯に会いたいと強く思った。

彼の書く文字、仕事部屋から聞こえてくる音、優しい声、全てが胸締め付けられるほどに恋しい。

「今すぐ会いたいです」

「……そうだよな。そんな顔をするくらいなんだ、よほど惚れ込んでるんだろうよ」

優しい声だった。鬼灯の手がゆっくりと遠ざかってゆく。

「手、悪かったな。どうも加減が分からん。……こういうところが、お師匠様に未熟者と言われるんだろうな」

「いえ」

「俺もお前に助けられてる。お前が元いた所に帰る手助けくらいはしてやるよ」

「ありがとうございます……！　でも今までも助けて頂いています」

するとと鬼灯は気まずそうに、

「いや、今まではあまり本気じゃなかった。お前を帰す手助けをするということは、お前がここから離れていくということでもあるから」

と呟き、小夜が何か言う前に手を差し出した。

「お師匠様から何か貰ってただろ。見せてみろ」

「こちらです」

小夜が蝶の箱を差し出すと、鬼灯はそれを手に取ってしげしげと眺めた。

「夜の気配に反応する蝶、か。確かにお前が火蔵御殿に現れた時、夜の匂いがしていたかもしれない」

「金剛様は、夜の眷属か、それ以上に強い存在ではないかと言っていました」

「巫を一人、昔に飛ばすことができるほどだからな。だがそいつもこの時代にいる保証はないんだろ？」

「はい。ですが何もないよりはましです」

「それもそうだな。夜の気配を捜すんなら、その時は俺もついて行く」

小夜はたじろいだ。

「ですが、今もこうしてお買い物について来て下さっていますし、これ以上鬼灯様のお時間を頂くわけには参りません」

「気にするな。気晴らしになるし、お前を無事元いた場所に帰すことができれば、お師匠様も俺のことを見直してくれるかもしれないだろ？」

悪戯（いたずら）っぽく笑う鬼灯の顔が、小夜の知る鬼灯の表情と重なる。

一瞬泣きたくなるのをこらえ、小夜は微笑んで礼を言った。

＊

火の神が怒りのこもった舌打ちをすると、部屋の隅で火花が激しく散った。

「鬼灯様、火事になっちゃいますよ！」

カーテンに引火しかけたところを、牡丹が慌てて毛布ではたいて消す。

仕事部屋の中央にあぐらをかいて座っている鬼灯は、金色の目でちらりとそちらを見たきり、何も言わなかった。

鬼灯を中心として、放射状に広がっている薄青い焔。

それはふつふつと燃えたぎり、凄まじい神気を放っていた。

怒りと焦りのこもった術を見て、牡丹は小さくため息をつく。

「……小夜様がいなくなってもう三日。今すぐ見つけたいというお気持ちは分かりますが、せめて何か召し上がらないと」

「妙だ。この国全てを捜したが、小夜はどこにもいない」

「この国全て？　たった三日で、ですか!?」

さらりと物凄いことを口にする鬼灯に、牡丹は大声を上げるが、火の神の表情は微動だにしない。

「誰かが意図的に隠したのだとしても、気配は見つけられるはずだ。——だがどこにも見当たらない」

「それってもしかして、小夜様が……もう……」

「俺もそう考えた。だが亡骸も見つからない」

牡丹が恐れていたことを、鬼灯はさらりと口にした。

その事実に牡丹は驚愕する。目に入れても痛くないほど愛していた小夜の死さえも、火の神は想定していたのか。

思えば、小夜がいなくなった時から、鬼灯は恐ろしいほど冷静だった。

すぐさまあちこちに手紙を送り、小夜の行方を確かめさせ、小夜をかくまう神がいないか確認して回った。

それが済むと、猩々たちにも大金を払って小夜を捜させる一方で、自らの術でも小夜の行方を追った。

三日間、何も口にせず、一睡もせず。

けれど牡丹は知っている。

独りになった鬼灯が、小夜をみすみすさらわれた後悔に身もだえしていることを。

まるで自らを罰するように、捜索に打ち込んでいることを。

「鬼灯様でも見つけられないなんて……。だから小夜様は屋敷から出るべきではなかったのです」

「事情があったんだろう。最後に見た小夜は、何かに怯えているようだった」

そう言いながら鬼灯は、傍らに置いていた冊子を手に取る。

和綴(わと)じのそれは、ひどく古びており、茶色い染みができていた。かなりの年代物のようだ。

「それは何です、鬼灯様？」

「先代火の神、金剛の日記だ。絶命する直前に書き記されたもので、興味深い箇所があった」

「どれどれ……ってこれ、染みだらけじゃないですか。保存状態悪すぎですよ」

文句を言いながらも、牡丹は鬼灯が示す文字を目で追った。

「時を超えた客人(まろうど)来たりて、我らに希望を与えたり。……これがどうかしたんですか？」

「時を超えて現れた神か人間がいたんだろうよ。俺はその客人とやらに会った記憶はないから、俺が火の神の後継者になる前のことなんだろうが……。もし本当に時を超えることが可能なら」

「小夜様は、この時代じゃないところにいるかも知れない、ってことですか!?」

荒唐無稽だ。おとぎ話が過ぎる。

牡丹はそう思うのだが、鬼灯は真剣だった。

「俺はこの国の土地全てを捜した。空も地下も水の中も、全て、全てだ。ここまでして小夜が見つからないのならば、視点を変える必要がある」

「確かに、異なる時間にいるかも知れないというのは盲点でしたが……。でも、小夜様をここではない時間に飛ばすことなんて、本当にできるんですか?」

「可能だ。俺も時間を遡る術式の構造さえ分かれば、できると思う。だがそれは神気をひどく消耗する行為だ。人間で言うなら、臓腑を一つか二つ無くすようなもの」

「たとえが物騒ですが分かりやすいですね。でも確かに、神々が時を操る話を耳にしたことがあります。人間を自分の結界に閉じ込めて、老いを早めたり、逆に時を止めて永遠に若いままにさせたりするとか」

「そもそも宵町や、猩々どもが住まう三千世界も、人間の世界とは時間の流れが僅かばかり違うからな」

牡丹は腕組みをして唸った。

「ではもし小夜様が、今ではない時代のどこかにいるとして、どうやって見つけるんですか？」

「その術を今から編み出す」

「さらっと仰いますけど、それってすごく重労働なんじゃ……!? っていうか、新しい術を生み出すのって、天照様に匹敵する偉業なんじゃないんですか!?」

鬼灯はかつて、天照大神という最も高位の神の不興を買い、呪いを受けた。

その呪いは、小夜によって祓い清められていたものの、天照大神との公な和解はまだ叶っていない。

この状態で天照大神に匹敵するほどの凄まじい術を編み出すということは、また互いの仲を険悪にしかねない行為と言えた。

「そんなことに構っていられるか。一刻も早く小夜を見つけ出す」

「目、据わってますよ鬼灯様……」

感情を宿さない金色の目は、神に相応しく恐ろしい。牡丹はすくみ上がりそうになるのをこらえて、鬼灯に頭を下げた。

頼れる者はもう、鬼灯しかいないのだ。

「火の神様。どうか、私のご主人様を見つけて下さい」

鬼灯は口元を微かに緩める。牡丹の声には、小夜を失うかもしれない恐怖が色濃く滲んでいた。

同じ恐怖を知るものとして、鬼灯は請け合う。

「安心しろ。必ず小夜を見つけ出してみせる」

今度は決して、迷わない。

＊

鬼灯の様子が変わった。

金剛は年若い後継者の中で、何かが変化したことを悟る。

前から真面目な方だった。だが大して強くもない自分が火の神の後継者に選ばれた理由が、分からない。

そんな引け目があったのだろう、物事に対して斜に構えているところがあった。

だが、それがなくなった。

金剛が出す試験や問いかけに対して、全力で取り組むようになった。若い獣が跳躍し、無駄のない動きで獲物を捕らえるような、そんな凄みを感じる。

そんな風にして、めきめきと力をつけてゆく鬼灯が、時折そっと盗み見る姿があった。

小夜だ。

厨でこまごまと働く姿、火蔵の片づけをする手つき、面白そうなものを見つけて輝く瞳。

そういったものを、眩しそうに横目で見ているのだ。

「私の後継者がここまでいじらしいとは思わなかったな」

それだけでも小夜が来てくれたかいがある、と火の神は思う。鬼灯は明らかに優しさを知り、自分の力を振るったら簡単に傷ついてしまう存在があることに気づいた。

それが火の神としての心構えにもたらす影響は大きい。

だからこそ、早くかの娘を、元いたところへ帰してやりたい。

清らかな気を持つこの巫もまた、どこか切なそうな顔をして、文を隠した胸元を押さえているのだから。

しかし、用心しなければ。金剛が時折感じる妙な気配――夜の気配が、小夜を呑み込まないように、鬼灯に頑張ってもらう必要がありそうだった。

「今日の晩飯は？」

「先程行商の方がお魚を持ってきて下さったので、煮つけにしました」

「早いな、もう準備が終わってるのか！　ということは」

「はい、外に出て、夜の気配を捜してみます」

すると鬼灯は勝手知ったる様子で草履を履くと、ゆっくり外へと歩を進めた。小夜も蝶の箱を取り出して、その後に続く。

夏の暑さを含んだ夕暮れの風が、小夜の髪をかき交ぜてゆく。

ねっとりとした空気を感じながら、街の方に向かうと、蝶の箱が微かに反応した。

「鬼灯様、蝶が」

「見せてみろ。……あっちの方角か」

東の方に目をやった鬼灯が、赤銅色の目を細める。

「妙な匂いがするな。死の匂い……いや、死にかけの匂いだ」

「行ってみましょう」

「気をつけろ。俺が先に行く」

鬼灯が蝶の箱を手に先導する。小夜はその後を大人しくついていった。

道は次第に、さびれた金物屋や、空き家が目立つ街の外れの方へ入ってゆく。

その道の先に、枯れかけた藤の木があった。

前に宵町で見たことがある藤の木だ。ただ、以前見たものよりも、花が多くついているようだった。

「これは……」

鬼灯が顔をしかめ、腕で鼻と口を覆った。

だが小夜は、ただ魅入られたように藤の花の方へ足を踏み出す。

「また会えましたね」

小夜の目には、枯れた藤の木に磔(はりつけ)にされた、一人の娘が見えていた。

長い黒髪を枝に絡ませ、ぼろぼろの緋袴(ひばかま)を纏っている。真っ青な顔で目を閉じているせいで、死んでいるのかと勘違いした。

けれど、生きている。薄(うっす)らと開けた目は、確かに小夜を捉えた。

その目が悲しそうに歪む。物言いたげに開かれた口からは、何の言葉も捉えることができなかった。

「魅入られるな、小夜！　これは幻だ」

「えっ？」

「実体があるわけではない。本体は別の場所にある。何かの理由で、俺たちにだけ姿が見えているんだ。幻で釣って罠(わな)にかけるつもりなんだろう」

今にも懐の短剣を抜きかねない鬼灯。

違う、と小夜は呟く。この藤の娘は、そんな存在ではない。だって生者を幻惑する力など、もう残っていないのだから。

一体何を伝えたいのだろう。小夜にできることはあるだろうか。そんな思いで一歩を踏み出し、尋ねる。

「あなたは精霊なのですか。神様なのですか。それとも、人間ですか」

『……にん、げん』

娘はやっとのことで言葉を絞り出した。だが、それで力尽きたかのように、がくりと頭を垂れる。

大丈夫ですか、と小夜が声をかけてもぐったりしたままだ。

小夜は駆け寄って、木の肌に触れたかったが、鬼灯がそれを許さなかった。鬼灯は小夜を後ろにかばい、藤の木を睨んでいたが、微かに警戒を解いた。

「こいつ、ほとんど朽ちかけてる。息絶えるのも時間の問題だ。俺たちを攻撃するだけの力はない」

『……』

藤の木の娘は、苦労して瞼（まぶた）を上げると、じっと小夜を見つめた。

苦しそうに顔を歪め、それでも唇をわななかせて、囁く。

『ごめんなさい』

掠（かす）れた声は聞きとりにくかったが、それは確かに小夜に向けての謝罪の言葉であるようだった。

「それほどお辛そうなのに、残された力で私に謝るなんて……なぜですか？」

娘は何か言いたそうに口を開いたが、その口が驚きの形に固まった。

黒い影が、藤の木の上からざっと飛び降りてくる。

さすがに鬼灯の反応は早く、小夜の腕を摑んで自分の方に引き寄せると、懐の短剣を抜き、油断なく構える。

飛び降りてきた影は、濁った黄色い目でぎろりと辺りを見回した。

「……来たな、小娘。仕事を果たしてもらうぞ！」

「あなたは、空亡！」

擦り切れ、泥まみれの水干をまとった男——空亡は、やつれた顔の中に目ばかりギラギラと光らせて、小夜を見ていた。以前よりも痩せて、けれど眼光は猷じみて鋭くなっている。

藤の木の娘が、辛そうに顔を歪めた。その瞬間、小夜の蝶の耳に、微かな声が聞こえる。

くうぼうさま、と呼ぶ声は悲しみに満ちている。けれどそれだけではない。鬼灯が小夜の名を呼ぶ時に感じられるような、親しみや慈しみといったものが、ほんのわずかに感じられた。

けれどそれは一瞬のことで、娘はすぐに押し黙ってしまう。小夜は自分が今聞いた声について考えたかったが、空亡の恐ろしいほどの気迫がそれを許さなかった。

　空亡は藤の木をちらりと見たが、すぐに小夜の方に向き直り、ぎらついた眼差しで舐め回すように、鬼灯と小夜を睨んだ。

　鬼灯が険しい表情を浮かべる。

「病んだ犬に吼えられているような気がする。小夜、お前の知り合いか？」

「いえ、ですがあの人が、私をこの時代に送った人です」

「はっ。下手人がのこのこやって来たってわけだな！」

　好戦的な鬼灯の様子など意に介さず、空亡はねばついた口調で小夜に告げた。

「分かるだろう。あれはもう死に瀕(ひん)している。だが、お前の清めの力があれば、あれを救うことができるはずだ」

「……」

　小夜は答えられない。代わりに鬼灯が喧嘩腰(けんかごし)で、

「お前の目は節穴か？　あれが清めの力程度でどうにかなるわけないだろ」

「節穴はお前だ、出来損ないの火の神の後継者。お前なぞには分からんだろうが、この娘の力は確かだ。天照大神の呪いさえも打ち消してしまえるのだからな！」

「天照大神の……!?　まさか、小夜は人間だ。そんな大それた力は持っていない！」

「ちと使い方は違うだろうが、知らぬは本人ばかり、というのはこういうことを言う

のだな。まあいい、お前の茶番に付き合っている暇はないのだ」

空亡は、小夜に近寄ろうとする。鬼灯の短剣に退けられても、小夜の顔の中に何かのしるしを読み取ろうと、懸命に身を乗り出してくる。

「さあ、救え。今すぐあの藤の木を蘇らせろ、お前ならそれができるのだろう!?」

どうしてこんなに必死なのだろう、と小夜は思って尋ねる。

「あの、この藤の木は、あなたにとってどんな存在なんですか。私をここへ連れて来て助けたいと思うほど、大切な人なんですか」

「――うるさい。お前に話したところでどうにもならん。全てはあれを元の姿に戻してからだ！　清めろ。あれに……あれが使った『摂理』に課せられた呪いを清めろ！」

空亡はぜえぜえと肩で息をしていた。よく見れば、額には脂汗が浮いている。藤の木がほとんど消えかかっているのと同様に、彼もまた、存在するだけで精いっぱいと言った様子だ。

金剛が最初に小夜の様子を術で探った時、ほとんど破綻しかけている術を使って、小夜をこの時代に飛ばしたと言っていた。

それは、鬼灯の加護が働いたこともあるだろうが、そもそも空亡自身が弱っており、正しい術を展開する余力が残っていなかったからではないだろうか。

そこまでして小夜を遡った時代に送り込んだ理由。この藤の木を元の姿に戻し、清め、呪いを解いて欲しいから、と空亡は言っていた。

呪いを清めれば、藤の木は元の姿に戻ることができる。空亡はそう考えているのだろう。だから、清めの力に長けた小夜をここに連れて来たのかもしれない。

小夜は藤の木を見つめる。

どうにかしてやりたいという気持ちはある。消えそうな娘が、小夜に告げた謝罪の意味を知りたいとも思う。

けれど。

「……私では、どうすることもできません」

藤の木はしんと静まり返っている。

小夜は元々、蝶の耳でその物の「在りたい姿」を聞いて、それに戻してやることが得意だった。清める際も、物が感じている呪いや戒め、重荷を外してやるような感覚で行っている。

けれどこの藤の木からは、どう在りたいという要望は聞こえてこない。蝶の耳で聞く限りでは、藤の木の姿は、まるで楔を打ち込まれたかのように固定されてしまっており、小夜の力では干渉することができない。

空亡はこの状態を呪いと称しているのだろうか？

微かに聞こえる藤の木の吐息は、既に消え入りそうなほど小さくなっており、もはや何か手を施すには手遅れだった。

「私の清めの力が及ぶ方ではないようで、す……」

言いかけた小夜は、空亡の顔を見て喉をひきつらせた。

憤怒（ふんぬ）か、あるいは慟哭（どうこく）か。押し殺せなかった激情が、男の顔を醜く歪ませていた。

それは鬼灯が短剣を構え直すほどの形相で、小夜は思わず鬼灯の背に身を寄せた。

「ふざけるな。ならばお前を呼んだ意味がなくなる。身を削った意味がなくなる！」

空亡は心臓を押さえるような仕草をしながら、呟いた。

「やはり五十年前では遅すぎた。せめてあと二十年早ければ……っ！」

口惜しげに顔を歪めた空亡は、その形相のまま、ぎろりと小夜を睨んだ。

「猶予をやる。一週間のうちに藤の木を蘇らせろ。さもなくば、お前は一生ここで過ごすことになる」

「そんな……！」

「もし蘇らせることができなければ、俺はお前をここに置き去りにして帰る。言っておくが、時間を遡る術を持つ者はそういないぞ。俺の言うことを聞くか、聞かないか、二つに一つだ」

吐き捨てて、空亡はその身を影に溶かし、その場から消え失せた。

後を追いかけた鬼灯だったが、ちっと舌打ちをこぼす。

「匂いが追えない……！　あいつは一体何者なんだ」

「……」

小夜は藤の木を見やる。彼女もまた静かに消えてゆこうとしていた。

青白い顔をし、呼吸もおぼつかない。それほどまでに弱り切った存在を助ける術を、小夜は知らない。

藤の花の花弁が数枚、小夜の方にひらりと落ちてくる。

「でも、彼女を助けられなかったら……私は、元いた場所に帰れない……」

漏れた声は、小夜自身も驚くほどか細かった。

すると鬼灯が、ぎこちなく小夜の肩を摑み、撫でた。

鬼灯は励ますような笑みを浮かべると、

「大丈夫だ！　俺が必ず、小夜が元いた場所に戻してやる。時間を遡る術を持つ者はそういない？　なら草の根をかき分けてでも、その術を使うことができる奴を探すだけだ」

「鬼灯様……」

「安心しろ。俺は諦めないことだけがとりえなんだ。お師匠様もいるし、絶対に何とかなる」

「ありがとうございます……！」

独りではない。そう思えることが何より嬉しくて、小夜は小さく頭を下げた。

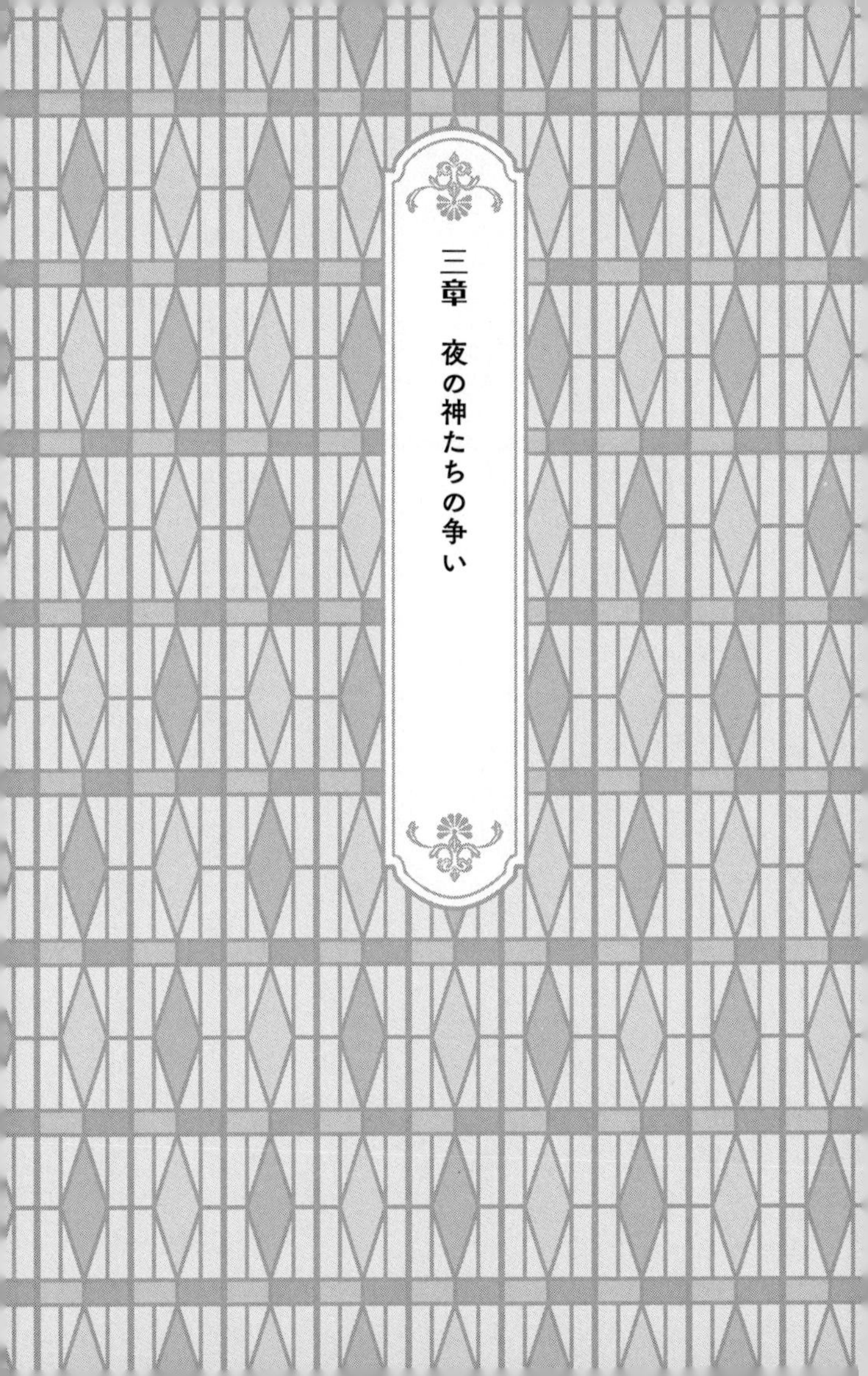

三章　夜の神たちの争い

その巫は、十五という年齢のわりに肝の据わった娘だった。

何しろ夜の神の神殿は、日のあまり差し込まない霊山、白乾山の頂上にあり、常に薄暗い上に寒々しい。

環境の悪さに心身を壊し、辞めてゆく巫も少なくない中、他の精霊と肩を並べるほどに頑健なのがその巫だった。


巫は普段夜の神の側に仕えている。夜の神は、用事を言いつける時以外は話しかけてこない。

それはそれで気が楽だ。巫はおしゃべりとか雑談とか、そういうものが得意ではなかったので。

もっと巫の気を楽にしたのは、神殿の薄暗さだ。

昼間でさえも明かりを灯さなければならないほど暗いのだが、夜目のきく精霊たちは明かりを不要としたので、巫は常に自分で手燭を持って歩かざるを得なかった。

だが、十四の頃まで暮らしていた村で、不細工だの醜女だのと言われていた巫にとって、この薄暗がりは願ってもないことだった。自分の美醜を勝手に判断されずに済むから、のびのびと仕事をすることができる。

「ま、木蓮の新人いびりには参るけどね。新人の荷物取り上げるか普通」

既に夜の神に仕えて長いフクロウの精霊、木蓮に、持ってきた品を全て没収された。確か不敬とか無礼とか、そういう因縁をつけられたと記憶しているが、もはやあまり覚えていない。

巫はあまり深く物事を考えない性質だった。

「仕方ないのかな。暗くて寒いと心が荒むって言うし。木蓮は随分歳食ってるっていうから、冷えも凄いんだろうな」

暗闇は好きだ。それに動き回っていればそれほど寒くはない。

巫は祖母から言われたことを思い出していた。

「夜は母さんのお腹の中。居心地が良くて暖かくて、悪いものから守ってくれる」

守られている感じはあまりしないが、居心地が良いのは確かだ。

暖かいかどうかは知らない。まあさすがに夏になれば多少はぬくもるだろう。

巫は体を温めるために早足で歩きながら（そしてこの足音も木蓮に叱られるのだろうなと思いながら）、夜の神を起こすために、寝所へと向かった。

＊

薄桃色の浴衣をまとった女神は、畳の上で行儀悪く寝転がりながら、煙管(きせる)の煙を吐き出した。

切れ長の涼しげな目、すっと通った鼻筋に秀でた額は、どこか迫力のある美を描き出している。

白いふくらはぎが露わになり、長く伸ばした銀色の髪がさらりと畳の上にこぼれる。

そんなしどけない姿を見ても、火の神は眉一つ動かさない。

代わりに、側にいた十二、三歳頃の少年が、女神の腕をそっとつついた。

「母さま。火の神さまのおうちですよ。自分のおうちのようにくつろいでいてはだめだと思います」

「扇(おうぎ)はうるさいなァ。気心知れた相手の前で吸う煙管ほど美味いモンもねェってのに」

「私は気にせんよ、知恵の神どの」

そう言って火の神は、紺色の紐で縛(いまし)められた桐箱を差し出した。

女神は起き上がると、あぐらをかいた状態でしげしげとその箱を見つめた。

「……珍しいね。アンタが別の奴に清めさせるなんて」

「やはり分かるか。確かにこの箱を清めたのは私ではないが、質は保証する」

「ああ、上等だ。微かな香が立ちのぼる感じに似てる。ささやかだが、気分が清々しくなる」

　知恵の神はそれを、扇と呼ばれた童子に開けさせる。

まだぽってりと丸みを帯びた指先が、ていねいに紐を解いて箱を開けると、中には一枚の護符が入っていた。

退魔の護符だ。扇が顔をほころばせるのとは対照的に、女神は微かに首をかしげる。

「これもアンタの仕事じゃないね。例の後継者かい？」

「何とかこれだけの護符を作れるようになった。及第点をやっても良いだろう」

「及第点、ねェ。あたしにはかなり質の高い護符に見えるけど。まあいいや、良かったな扇」

　息子のおかっぱ頭をがしがしと撫でると、扇はちょっと嫌そうに髪を整えながらも、素直に頷いた。

「はい！　この護符があれば、僕の書庫も守られると思います」

「扇どのは几帳面だから、書庫の管理には気を遣われているのだろうな。しかし書庫なのに、火除けの護符でなくて良かったのか」

火の神の問いに、扇は困ったような顔をした。

「最近、夜霧が凄いのです。それに乗じて嫌な者たちが書庫に入って来て、巻物を破ったり石板を砕いたりするのです」

「夜霧が？　確か扇どのの住まいは」

「山の麓です。母さまはもっと上の方に住んでいるのですが、母さまの所はもっと夜霧が酷いとか」

「ま、あたしは家に帰って寝るだけだし、夜霧に駄目にされちまうモンもないしねェ」

とは言え、と知恵の神は金色の目を細めた。

「程度ってモンがある。多少の湿気と闇は、生き物のために必要だが――過ぎた夜霧は魔性を招く。扇だって、被害が書庫で済んでいるうちはまだ良いが、扇自身にまで累が及ぶようなら、あたしも黙っちゃいないよ」

「それは……。夜の神と話し合うということか」

「このあたし、知恵の神が扇の母親であることを、あの神だって知らないわけじゃァあるまいし。子熊にちょっかい出したら母熊が出てくんのは道理だろ？」

夜霧を生み出しているのは夜の神だ。

夜の神は、天照大神に並ぶ月読命（つくよみのみこと）といった、名のある神々に属しているわけではない。

　だが、一日の半分を支配する強力な神であり、闇をも我が物にしてしまえる存在だ。対抗し得るのは昼の神だろうが、彼は夜の神と力が拮抗（きっこう）しているため、夜の神との争いごとを望まない。

「……先に言っておくが、私は助太刀できぬ」

「ああ、それくらい分かってるから安心しな。だいたい『まだ』夜の神に喧嘩を売るって決めたワケじゃないしねェ」

「母さまは、勝てない喧嘩はしませんものね！」

「もちろん。完全な勝利が確定してから急所に一撃お見舞いして、二度とちょっかい出せないようにしてやるのがあたしの流儀さ」

　知恵の神はにやりと笑う。火の神は苦笑するしかなかった。

「知恵の神どのは、一応私よりも年上のはずだが……喧嘩っ早いのはいつまでも変わらないな」

「あまり爺臭（じじくさ）いこと言うもんじゃないよ。さァて、報酬を渡したいんだけど？」

「ああ、今回は私ではなく鬼灯に。今は火蔵にいるはずだ」

　知恵の神は頷くと、扇を連れて立ち上がった。

　勝手知ったる火蔵御殿。慣れた様子で歩く母親の後を、扇がちょこちょことついて行く。

「母さま、なぜ火蔵御殿にお詳しいのです？」

「あたしの蔵書を何冊か置いてあるからさ。ここは何かを隠しておくには絶好の場所。何しろ守り手があの火の神だ、間違いがない」

さて、と知恵の神は呟く。

「その後継者とやら、どんな顔をしているのか見てやろうじゃないか」


その頃鬼灯と小夜はと言えば、火蔵で必死に探し物をしていた。

小夜を元いた時代に戻すための術がないかどうか、書物や掛け軸を漁（あさ）っていたのだ。

「しっかし火蔵はいつも汚いな！　どうにかならないのか、これ」

「本も着物も素材もお皿も、全部同じ棚に突っ込まれていますものね。整理してはいるのですが、なにぶん行き届かず……。あ、この本などどうでしょう？」

重い箱の間に挟まれた本を引っ張ろうとする小夜。だが小夜の腕力では、びくとも動かない。

鬼灯は苦笑しながら、本の上にある箱を持ち上げて、小夜が取りやすいようにしてくれた。

「あ……」

背中のすぐ後ろに鬼灯の体温を感じ、小夜はどぎまぎしてしまう。

若い頃の鬼灯であっても、共に過ごすのに慣れてきたとしても、やはり鬼灯の側にいると思うと、頬が熱くなってしまうのだ。

耳まで赤いのを自覚しながらも、もうこれは仕方がないことなのだ、と半ば開き直りながら、小夜は礼を言った。

「あ、ありがとうございます……」

「目が離せないな」

そう言って鬼灯が笑うものだから、小夜は照れ隠しに手にした本を開いた。

二人はそうして協力しながら火蔵を探していったが、なかなか目ぼしい本を見つけられずにいた。

かびの生えた古文書を漁りながら、鬼灯はぶつぶつと呟く。

「時を戻す術……。時を戻す術……」

「そう言えば、異界には様々な神様がいらっしゃいますよね。時の神様はいらっしゃらないのですか」

「聞いたことがない。多分いないはずだが、必要があれば生まれるかもな。お前みたいに過去に飛ばされる人間が何人も出てきたら、そのうちどこかで生まれるだろう。人間が必要とするから、俺たち神は自然に生まれてくる」

「自然に生まれる……。あまり想像がつかないのですが、既に完成されたお姿で、急に現れるということでしょうか？」

「そうだな。と言っても、誰もその瞬間を見たことはないし、俺たち神自身も、いつどこで生まれたかという鮮明な記憶はないんだ」

生まれた神々は野をさすらい、人々に恵みをもたらす過程で、神として崇められるようになるのだという。鬼灯もまた、どこでどのようにして生まれたのか、という記憶はないようだった。

「ならば、時の神様ももう生まれていて、どこかにいらっしゃるのかもしれませんね」

「だとしたら、さっさと出てきて欲しいものだな」

昔の時代に飛ばす術があるのならば、先の時間へ飛ばす術もあるのだろうか。

先の時間で自分がどうなっているのか知りたい、という欲望があることは小夜にも理解できる。

けれどそれは自分の運命を知るということでもある。少し怖いような気がした。

「他にも神様が生まれてくる方法があるんでしょうか」

「あるぞ。他には、神が神を産むという方法もある」

低く掠れた女の声が予想外のところから答えたので、小夜は飛び上がった。

そこには美しい銀髪の女が立っていた。神気からして、相当高名な女神だろう。薄桃色の浴衣をまとい、素足で立っていても気品が感じられる。

小夜は慌てて袂（たもと）を直し、頭を垂れた。鬼灯も神妙な顔をして立ち上がる。

「火の神の後継者ってなァあんただね？　そんでもってその娘は……」

女は小夜にすっと近づくと、指で小夜の顎を摑んで顔を上げさせた。美しい顔を間近で眺めることになった小夜は、どぎまぎしながら目を伏せた。

「妙な匂いがするねェ。夜の匂いだ。だがあんたは夜の眷属じゃない、むしろ火の神の加護を持っている。あんたは火の神の、一体何だい？」

鬼灯の前で、まさか火の神の花嫁ですとも言えない。だが、女神相手に嘘をつくような不敬はあり得ない。

答えあぐねた小夜は、苦肉の策に出た。

「あ……あの」

「なに？」

「神様が神様を産むというのは、どういうことなのでしょうか？　不勉強で申し訳ございません！」

頭を下げられた女は、きょとんとした顔になったが、それから小さく笑い始めた。

「そうさね、あたしが始めた話だ。なに、難しい話じゃない。あたしは知恵の神だが、ついこないだ小さな男の子の神を産んだ。人間のように誰かとまぐわったりせず、たった一人でね」

「そんなことが……できるんですね」

まぐわうという表現に顔を赤らめながらも、小夜は生真面目に頷いている。知恵の神と名乗った女神は、その様を面白そうに見下ろしていた。

神妙な顔をしている鬼灯に、

「ねェ、この子は一体？」

「小夜という巫の娘です。事情があってお師匠様の下で預かっています」

「ふゥん。良い巫だ。事情があるのは本当みたいだねェ。何しろこのあたしの問いをごまかしてみせるんだから」

「も、申し訳ございません……」

「いいよ、見かけによらず良い度胸をしてると思っただけだ」

鷹揚に笑った知恵の神は、ふと鬼灯の足元を見やった。

「若い男女が二人、火蔵で逢引きでもしているのかと思えば……。探しものでもしてたのかい」

「は、はい。今から先の時間に、人間を送り込む術がないかと思いまして」

「時間に関する術？　何だってそんな剣呑なものを」

知恵の神は眉をひそめる。

「剣呑？　どういうことですか」

「時間は、正常な神には扱えないものだ。あれは闇の在るところでしか使えない」

「闇……」

時間は見えない。摑めない。人や神の意のままにならない。

かつては水や火も同じものだった。だが人間は治水を覚え、火を操る術を学んだ。神々もまた、それらの力を得て人を助けるやり方を知った。

無論、扱い切れずに惨事を起こすこともある。だが、それらを前にして、何もできないような無力な存在ではなくなった。

だが、闇は。

たとえ僅かな光があっても、夜が来てしまえば、人も神もなす術がない。何も見えなくなるし、気温も下がる。せいぜい獣たちに襲われないよう、家の中で朝を待つしかない。

そして、時間は。

どれほど後悔したとしても、時間が戻ることはない。どれほど願ったとしても、これから先自分の身に何が起こるかは分からない。どうすることもできないのだ。

知恵の神はそう説明した。

「だからもし、時間に関する術があるとすれば、それは夜の神が知っているということになる」

「夜の神様ですか？　夜の眷属ではなく？」

「眷属程度が操れる術じゃあないね。夜の神そのものだ」

知恵の神が断言するのだ。それは真実なのだろう。

しかし、彼女の言葉が正しいのであれば――空亡は夜の神ということになる。

「そんなはずがない。空亡が夜の神ほどの力を持っているとは思えなかった……」

鬼灯が呟く。小夜も頷いた。

二人が相対した空亡は、ほとんど弱っており、神気が感じられないほどぼろぼろだった。

ほんとうの夜の神であれば、それと分かるほどの神気を持っていたはずだ。

「どういうことだい。あんたたちは夜の神に会ったってこと？」

「よく分からないのです、知恵の神様」

そう言って小夜は、自分が空亡によってこの時代に送り込まれたのだということを打ち明けた。

空亡が小夜を送り込んだ理由と、彼女には藤の木を元の姿に戻せない訳も。

知恵の神は辛抱強く小夜の説明を聞いていたが、その顔がどんどん険しくなってゆく。

「恐らく、空亡は先代の夜の神だろう。だがそいつは、あんたにその藤の木とやらを蘇らせるように言ったんだね？」

「はい。私にそんな力はないのですが、何か思い違いをなさっているようで……」

「とんだ迷惑野郎だねェ」

苦笑した知恵の神は、ふむ、と腕を組んだ。

「先程、火の神から護符を受け取った。良い出来だった。箱もよく清められていたよ。これはあんたたちの仕事だろ？」

「は、はい！　お褒め頂き、有難うございます……！」

鬼灯が深々とお辞儀をする。

その護符を作るために、鬼灯がろくに睡眠もとらずに頑張っていたことを知っていた小夜は、思わず顔を綻ばせてしまう。

するとと知恵の神は、何か気づいたようににやりと笑うのだった。

「良い仕事には良い報酬を。とりわけあたしは知恵の神だ、あんたたちには情報をくれてやる」

「今一番欲しいものです！」

「いーい返事だ鬼灯。あたしがあんたたちにくれてやるのは、夜の神の世代交代に関する噂さ」

そう言って知恵の神は語り始めた。

名のある神を殺せば、その権能が手に入る。

その事実は、神々の間に争いをもたらしてきた。

知恵の女神は淡々と告げる。

「火の神みたいに後継者を指名するのは珍しい方だ。大抵の神は、年を経て神気をすり減らして弱ってゆくか、巫を失って人の形を取れなくなって、神ではなくなってゆく。その時に神を討てば、その権能は神を殺したものに譲渡される。もっとも、全ての権能を受け継ぐことができるという保証はないがね」

人間が思うよりずっと、神々は殺伐とした世界に生きているのだ。

知恵の女神が語る昔話は、白乾山という霊山の頂上で起こったことだという。

そこに住まうは夜の神。

月を愛し、静寂を好み、闇の冷たさと温(ぬく)もりを守護する存在であった。

「夜の神はつい二十年前に代替わりした。その方法は決闘だったと言われている。誰もそれを見たものはいない」

「決闘の結果として代替わりしたということは、先代の夜の神様が負けてしまわれたということでしょうか」

「その通り。まあ、古い神の方が負けるというのはよくあることだ。神としての責務がある身と、そうでない身とでは、条件が違いすぎるからな」

先代の夜の神は負け、行方知れずとなった。

勝利したものは夜の神として、この世界に君臨しているのだという。

「まあ、どうにも得体の知れぬ神ではあるのだ。というのも、先代の夜の神に比べて、圧倒的に情報が少ない」

「どんな出自の神だか分からないまま、夜の神になったと聞いています」

鬼灯の言葉に、知恵の神は頷く。

「元々どんな神だったか、どういう容姿なのか……少なくともそういう情報は出回るのが常だ。だが、今の夜の神に関して、分かっていることはとても少ない」

「常に白乾山に引きこもっているという噂ですからね。神としての仕事は最低限こなしているようですが」

どんな依頼も引き受けて断らない火の神の態度とは対照的だ。

それに思うところがあるのだろう、鬼灯の口調はどこか嘲りを含んでいる。

知恵の神は静かに頷いて、

「代替わり当時、妙な噂が一つだけあった。それは——先代夜の神と当代夜の神は、あるものを巡って争っていたようだ、というものだ」

「あるもの……？」

「あたしはそれが、夜の神が持つ『天目壺』ではないかと睨んでいる」

天目壺、と呟く小夜に、鬼灯が素早く説明した。

「夜霧を発生させ、夜の闇を濃くする壺だ。望めば星を夜空にちりばめることができるとも聞くな。確かに、神々が争うに相応しい至宝だと思う」

「噂でしかないが。空亡はその壺のために、藤の木の娘を蘇らせたいのかも知れぬな」

「藤の木の娘が、その壺の場所を知っている……とか？」

小さく言った知恵の神は、ふ、と口元を緩めた。

「可能性はある」

「だが、無い袖は振れぬ。死人は蘇らず、覆水は盆に返らない──。その娘を蘇らせることができないのであれば、力ずくで事に臨むほかないだろうね。空亡とやらをふんじばって、無理やり言うことを聞かせてやれ」

「意外と武闘派でいらっしゃる」

鬼灯が苦笑すると、知恵の神はにんまりと得意げな笑みを浮かべた。

「火の神の後を継ぐなら覚えておきな、鬼灯。何事も素早い判断が大事なのさ。言葉を交わしてどうにかなる状況を超えているのなら、それはもう拳を振るうしかあるまいよ。大事なものを守るためにも、ね」

さて、と知恵の神は窓の外を見やる。

「護符の対価はこんなもんでいいだろう。外で扇も待っている、あたしはそろそろ行くよ」

「お知恵をお貸し下さり、ありがとうございました」

深々と頭を下げる鬼灯に小夜も倣う。

だが、今知恵の神が発した、扇という言葉が引っかかっていた。

もしかして、知恵の神の子だという扇とは――小夜の知る本の神、扇だろうか。

それを神に直接問い質すのも、何だか図々しいような気がして、小夜はただ頭を下げたままでいた。

けれど、もし扇が本当に小夜の知る扇だとしたら、不思議な縁だと感じる。扇は鬼灯が自由に物を言い合える友人のような存在だからだ。

知恵の神はしなやかな身のこなしで、火蔵を出て行った。

「……」

小夜は、微かな絶望が冷気のように足元から忍び寄るのを感じていた。

夜の神しか、時間に関する術を使えないのであれば。

結局空亡の言うことを聞かなければならず。

けれど空亡が小夜に命じた内容は、不可能なことだから——。

小夜が元いた場所に帰ることも、不可能なのだ。

だが、傍らに立って知恵の神を見送る鬼灯は、全く異なる決意をその目に宿していた。

＊

その晩、小夜はなかなか寝つけずにいた。

冷たい水でも飲もうと厨に向かう途中で、鬼灯の部屋の明かりがまだ点いていることに気づく。

少し考えて、温かい番茶を用意し、鬼灯の部屋に向かった。

「鬼灯様」

「っ、小夜か。どうした、こんな夜分に」

「寝つけなくて。もしまだお仕事をされているならと思って、お茶をお持ちしました」

何やら紙をがさがさと片づけている音の後に、入ってくれ、と促され、小夜は静かに入室する。

布団はまだ敷かれておらず、紙と素材まみれの文机(ふづくえ)に向かって、あぐらをかいている鬼灯の姿があった。

夜とあってか髪を下ろしており、新鮮な印象を受けた。

番茶を差し出すと、鬼灯は柔らかい表情で受け取った。

いつからか、そういう顔をしてくれるようになった。

警戒する獣の顔から、慈しむ顔に。

少しでも不埒なことをすれば、切って落とさんとばかりに緊張していた手が、気遣うような手に。

きっとどんどん、小夜のことを愛してくれる鬼灯に近づいてゆく。

けれど目の前にいる鬼灯は、幾久しくと小夜が契りを交わした鬼灯ではない。

「お仕事、大変ですか」

「お師匠様が出す課題がどんどん難しくなってきてるんだ。まあ、その分手ごたえもあって面白いんだが！」

「なら、良かったです。鬼灯様はきっと素晴らしい火の神様になりますね」

小夜がそう言うと、鬼灯はつと唇を引き結んだ。

「……お前が、何度もそう言うから。お世辞なんかじゃなくて、本気で言うから。俺はきっと、勘違いし始めたんだな」

「勘違いなどではありません。本当に鬼灯様は、物凄い火の神様になる素質をお持ちなのですから」

「違う、良い勘違いなんだ。何でもできて、どこまででも頑張れるような、そんな気持ちになるんだ」

鬼灯は両手で包み込むように湯呑みを持ち、懐かしむような口調で、

「火の神の後継者。それが俺みたいな乱暴者の工房の神だったもんだから、いろんなところからケチがついた。どうしてあんなみすぼらしい神が後継者なんだって、お師匠様に詰め寄ってる奴もいたな」

「そんな……」

「最初は、そんなわけない、俺が一番火の神にふさわしいと思っていたが、誰もそれを認めてくれなかったから――だから、連中の言葉が真実だと思い込み始めていた。俺は火の神の後継者にふさわしくなくて、どうして今ここで血反吐(ちへど)吐きながら訓練してるのか、分からないって思ってた」

でも、迷わなくなった。

鬼灯は真っすぐ小夜を見つめて言い切った。

「俺は火の神の後継者で、いつか必ず火の神になる。そのために、今の内にお師匠様から学んでおくことが山のようにあるのだから、腐ってる暇はないと、そう思えるようになったんだ」

「それは良かったです」

「お前がずっと、俺なら素晴らしい火の神になれると、嘘でも言い続けてくれたおかげだ」

「嘘ではありません」

「うん、知ってる。だから励みになったんだ」

目を細めた鬼灯は、一気に番茶を飲み干した。

「明日でちょうど一週間になるな」

「……」

空亡が勝手に指定してきた期限は明日だ。

けれど結局何の方策も見つけられていない。死にかけた藤の木の娘に力を与える術を、小夜は持っていない。

「どうしましょう……。藤の木の人を救う術は思いつかないのです」

「俺もだ。空亡以外に時間を操る術を知っている可能性のある奴は、当代の夜の神だろうが……。会いに行く口実も伝手もないしな」

「……でも私は、帰りたいです」

ぽつりと呟いた言葉をきっかけに、堰を切ったように思いが溢れだす。

「ほ……あの人のいる所に帰りたい。だってあの人はきっと、ずっと私を捜しているはずです。きっと一睡もせずに、何も食べずに、必死に私を捜しているに違いありません」

容易に想像ができる。美しい隻眼の火の神が、方々手を尽くして小夜を捜す姿が。うぬぼれだろうか。いや、鬼灯は必ずそうするだろう。

小夜も、考えなかったわけではない。

この時代に留まったとしても、鬼灯と共にいられることに変わりはない。夫婦にはなれないかも知れないが、それでも、鬼灯のことを側で見ていることができる。蝶の耳を彼の役に立てることができる。

けれどそう思うたびに、婚いだ鬼灯のことを思うのだ。

「だから、私は必ず帰らなければならないのです。あの人のことだから、きっとずっと私を捜してしまう。あの人の大事な時間を、無駄に費やすことになってしまう。私の存在が、あの人のこれからを縛ってしまう。そんなことは耐えられない。あの人にもう二度と会えないのと同じくらい、辛いことです」

鬼灯はこくりと頷き、静かに呟いた。

「良い相手と婚いだんだな」

その言葉を他ならぬ鬼灯の口から聞いた瞬間、涙がこみ上げてきた。瞬き（まばた）をしたらこぼれそうで、小夜は必死に上を向く。泣いたら鬼灯に気を遣わせてしまう。

拳を握り締めて涙をこらえる小夜を、どこか痛ましそうに見ていた鬼灯だったが、やがて穏やかな表情を作った。

「大丈夫だ。俺が必ず元の場所に戻してやる」

「でも、どうやって……？」

「空亡は元の時間に戻るんだろう？　その機に乗ずる」

具体的な方法は口にしなかった。けれど鬼灯の言葉には確信が満ちており、だから小夜はその言葉を信じることに決めた。

笑みを作った拍子に、あれほどこらえていたはずの涙が一筋こぼれた。

つられるようにして手を伸ばした鬼灯の指が、小夜の頬に触れて、涙をすくいとってゆく。

「っ」

喉が震えた。小夜は唇をきつく引き結んで、声を漏らさないようにした。

何か言えば、何かが崩れる——そんな気がした。

利那の緊張ののち、小夜はぱっと立ち上がる。

「夜遅くに失礼しました。……もう、戻ります。おやすみなさい」

返事も聞かずに部屋を出る小夜は、自分がたった今薄氷の上を歩いていたことを悟った。無事にわたり切ることができたのは奇跡のようなものだろう。

小夜を見送った鬼灯は、しばらく名残を惜しむように障子の方を見ていた。

そうして書類の間に挟んだ一枚の紙を取り出す。小夜が来たために、慌てて隠したものだ。

筆をとった鬼灯は、その紙に再び言葉を刻み始めた。

＊

翌日の夕暮れ時、鬼灯と小夜は再び街の外れに立っていた。

藤の木はまだ見えてこない。けれど、ほんの僅か藤の花の香りがしていたので、ここに現れるであろうことは分かっていた。

鬼灯は廃屋の壁に体を預け、腕組みをして目を閉じていたが、やがてぱっと見開いた。

小夜の腕を摑み、自分の方へ引き寄せた瞬間、何もなかった空間にぼんやりと藤の木が現れる。

藤の木には前と同じように、真っ青な顔の娘が磔にされていた。以前にも増して生気がないのだが、辛そうに瞼を持ち上げては、懇願するように空亡の方を見つめている。

蝶の耳には何も聞こえてこなかったが、藤の木の娘の眼差しには、空亡との間に培ってきた情のようなものが滲んでいるような気がした。二人だけの世界がある、そう感じたのだ。

もっとも、二人の間に流れる雰囲気に気づいているのは、小夜だけのようだったが。

藤の木の側には、一週間前より痩せた空亡の姿もあった。虚ろな目が、小夜を認めた瞬間暗い輝きを帯びる。

空亡はいそいそと尋ねた。

「さあ、約束の時間だ。これを清め、元の姿に戻す算段はついたか」

小夜はごくりと唾を飲み込み、それから教えられた通りに言った。

「いいえ。私はこの人を清めることはできません」

「……最後に、今一度聞いてやる。この藤の木を清める方法は、見つかったか」

「いいえ」

返答を聞いた空亡の顔は恐ろしかった。

憎悪と後悔。憤怒と悲哀。それらが入り混じり、歪み、引きつれた表情が小夜を直撃する。

だが、小夜は両足を踏ん張ってこらえた。ここで泣き出して帰ることなどできないのだ。

恐ろしくても、空亡が時間を移動する術を使うまで、待たなければならない。

「優れた巫といっても、所詮は度し難く愚かな女であったか！　この愚図、無能、一人では何もできない愚か者がァっ！」

咆哮には悲しみが多く滲んでいるようだった。小夜が思わず顔をしかめると、空亡は引きつったような笑い声をあげた。

「ならばいい、ならばここで勝手に死んでいけ！　俺は独りで戻る。独りでこれを戻す方法を探す。はじめからそうすべきだったんだ、誰かの力を借りようとするからこんなことになる……！」

「でも、それができなかったから、私を呼んだのではないのですか……!?」

思わずそう叫び返すと、底知れぬ絶望を湛えた眼差しをぶつけられた。

暗く澱んだ目に思わず身をすくめると、鬼灯が励ますように小夜の腕を強く握った。

そうだ。尋ねなければならないことがある。

「あ……あなたは、先代の夜の神様でいらっしゃいますか？」

「ほう。その答えに至ったことは褒めてやろう。然様、俺は神の座を賭けた戦いに負けた、かつての夜の神だ」

「では、その藤の木は、あなたにとって何か特別な……」

「お前如きがあれを語るな」

荘厳な口調は、一瞬だったが神としての威厳を宿しており、小夜は言葉を失った。にたりと笑う空亡は、唾を飛ばしながら叫ぶ。

「怖いか？　恐ろしいか？　お前はこの時代で縁者もなくたった一人で生きてゆくのだ。隣の男がお前に何を施してくれるか見ものだな！」

そう叫ぶ空亡の足元が歪む。黒い穴が開き、空亡の姿が少しずつそこへ吸い込まれてゆく。

時間を移動する術を使い始めたのだ。

気づいた瞬間、鬼灯が一歩前に出た。

「お前は勝手に帰っていろ。こちらはお前の術を拝借させてもらうがな」

「はっ！　馬鹿め、時間を移動するにはな、恐ろしいほどの神気が必要なのだ！　お前のような出来損ないの後継者などが捻出できるようなものではあるまい！」

「ああ。今の俺の神気じゃ、とても小夜を移動させるだけの力は持たない」

だから、と鬼灯は胸元に手を当てる。

そうして口の中で術を唱えると、その胸が赤く輝き始めた。まるで夕暮れの空のように。

空亡の顔から笑みが消えた。彼の体はいよいよ穴に吸い込まれていこうとしている。

「お前、何をしようとしている……!?」

「俺は工房の神。大した権能も持たず、大した神気も持っていない。そんな俺が唯一差し出せる、最も価値のあるもの――」

鬼灯の手のひらに、煌々と燃え盛る巨大な焔が宿っている。それは踊るように姿を揺らめかせ、空亡の闇で満たされた目に光を投げかけていた。

小夜はどこかでそれを見たことがあるような気がした。

何だか懐かしいような気持ちにさせるこの光は――確か、百貨店の一階で見たのではなかったか。

あの時、土地神が賭博の対価として場に出したのは、自らの記憶。

神の記憶は神気にも等しく、術の動力源になるという。

「まさか、鬼灯様……記憶を!?」

「俺が差し出せる、最も価値のあるものは、小夜との記憶だ。小夜と出会ってから今までの、俺の記憶だ！」

鬼灯は小夜を引き寄せ、その手に自分の記憶をそっと移す。

熱く鼓動を打ちながら、ごうと燃え盛るそれは、鬼灯の心臓のようだった。

それを手にした小夜の足元に、空亡と同じ穴が出現する。空亡が怒りの叫び声を上げたが、穴はどんどん大きくなって、小夜の全身を吞み込んでゆく。穴が大きくなるにつれ、手の中の記憶は少しずつ小さくなってゆくようだった。

落下の不安定な姿勢のまま、小夜は懸命に鬼灯の方に向き直った。

「鬼灯様……っ！」

鬼灯は笑っていた。子どものように。

「言っただろう！　絶対にお前を、元いた場所に戻してやるって！」

「そんな……そんな、記憶を差し出すなんて……！」

「お前との記憶は確かに失ったが、お前がくれたものは忘れない。ちゃんと紙に書き残したしな。……だから安心しろ。俺は必ず、お前が誇りに思うような火の神になってみせる」

だから、と笑う鬼灯の、赤銅色をした二つの目。

もうその姿をまともに見ることができない。穴に吸い込まれていくせいでもあるし、涙で前が見えないせいでもある。

「さよならだ！」

「鬼灯様、ありがとう、さようなら……！」

全て言い終わる前に穴が閉じ、鬼灯のいる世界から遠ざかる。

落下しているのか浮上しているのか、もう分からない。手のひらの記憶はとうに燃え尽き、温もりの残滓だけが残っている。

それを胸にかき抱くようにして、小夜は泣いた。

＊

目を開けると、そこは火蔵の中であるようだった。

ゆっくりと立ち上がる。手のひらの温もりはすっかり消え去っていた。

小夜は壁に手をつきながら、火蔵の外に出た。

「あ……」

小夜の知っている火蔵御殿が見えた。

空は真っ暗で、月もない。けれど火蔵御殿には煌々と明かりが灯っていた。

小夜は駆け出していた。途中で草履が片方脱げたが、構わなかった。

扉に半ばぶつかるようにして押し開け、玄関ホールに転がり込む。

「鬼灯様！」

悲鳴じみた声だった。すぐに上階で物音がした。

陽炎(かげろう)のような揺らめきと共に、玄関ホールに現れたのは——鬼灯だ。

隻眼の、金色の目を持つ、火の神だ。

火の神としての威容は小夜の記憶のままだったが、ひどい顔色をしていた。服も少し脂っぽいようだし、唇は乾燥で割れている。

その姿に小夜は震える。

会いたかった。ずっとずっと、会いたかった。

「鬼灯様」

声がどうしても掠れてしまうのは、自分が泣いているせいだと気づいた。

鬼灯は夢を見ているような顔でその涙を見ていたが、すぐに大股で小夜に近づくと、その体を抱え込むようにして抱きしめた。

「小夜」

声が震えている。鬼灯の背中に手を回すと、感じたことのない骨の感触がして、やはり、と小夜は思う。

ずっと捜していてくれたのだ。こんなに痩せてしまうまで。

痛いほどきつく抱きしめられても、少しも構わなかった。このまま抱き潰されて、鬼灯の体の一部に溶け込めるなら、それでも良いと本気で思った。

「ごめんなさい、鬼灯様、約束を破って外に出て、ごめんなさい……」

「もういい。こうして生きて戻ってきてくれたなら、もうそれで、充分だ」

鬼灯の声が掠れている。小夜はもうたまらなくなって、子どものようにしゃくりあげて泣いた。

顔に、唇に、首筋に、何度も口づけを落とされる。全身で小夜の存在を確かめているようだ。

鬼灯に愛されていることが嬉しくて、けれど切なくて、申し訳なくて、涙が止まらなかった。

記憶をなげうって自分を帰してくれた鬼灯は、一体どんな気持ちだったのだろう。

やつれるほどに自分を捜してくれた鬼灯は、一体どんな気持ちだったのだろう。

きっと小夜には永遠に分からない。

やがて、小夜の泣き声を聞きつけた牡丹と、猩々の鳴海（なるみ）が顔を出す。

「小夜様！　良かった、ご無事で……ほんとに良かったです！」

牡丹はしばらく堪えていたが、やがてわんわん泣き始め、鳴海が差し出した手巾で思い切り洟（はな）をかんでいた。

「鬼灯様、最後にご飯を食べたのはいつですか？　お風呂も入っていないでしょう。すぐに用意しますから」

「いい。そんなのはいいから、まだここにいてくれ」

存在を確かめるように、何度も背中や腕をさすられ、小夜は申し訳ない気持ちになった。

あまりにも長い間抱きしめられていたのを見かねたのか、牡丹がそっと引き剝がしにかかる。

「ほらほら、小夜様もお腹が空いているかもしれないじゃないですか！　いい加減お放し下さい、鬼灯様！」

「……分かった」

分かったと言いながら鬼灯は腕を多少緩めた程度で、小夜を離す気など毛頭ないらしかった。

それを見て苦笑したのが鳴海だ。横から小夜に挨拶する。

「こんばんは、小夜様」

「鳴海さん……！　すみません、この度はご迷惑をお掛けしました」

「いえいえ。小夜様がご無事で何よりです。鬼灯様には対価を弾んで頂いたのですが、なかなか小夜様を見つけられず、すわ契約不履行かとどきどきしましたよ」

冗談めかして言うが、鳴海は鬼灯と小夜を娶せた張本人だ。

その赤い目には深い安堵の色が宿っている。

「さて、姐さんたちにも小夜様の無事を伝えなければ。私はここでお暇します。鬼灯様、捜索に協力して下さった皆様には、私から声をかけておきますね」

「頼んだ」

「では失礼致します。小夜様、今日はゆっくりとお休み下さい」

そう言い残して鳴海は火蔵御殿を後にした。

それから鬼灯と小夜は、身を寄せ合いながら簡単なものを食べ、服を着替えた。着替えている最中も、絶対に手を繋いでいるよう鬼灯に厳命されて、小夜は思わず笑ってしまった。

「何だか懐かしい。まるで壷の時みたいですね」

火蔵に眠っていた壺のせいで、二人の手が離れない呪いをかけられたことがあった。あの時はまだ夫婦としての日が浅く、小夜も随分動揺したものだ。

すると、鬼灯が初めて笑った。けれどそれもつかの間のこと、すぐに小夜を抱きしめる仕事に戻ってしまう。

床に入る前に、小夜は居住まいを正して座った。鬼灯は小夜を抱きしめたがったが、目の前に座ってもらった。

それでも両手を強く握られたままだが、顔を見て話せるならば良い。

「何が起こったのか、鬼灯様にご説明しますね。私を助けてくれたひとたちのことも」

小夜は空亡という先代夜の神に、五十年前の過去に飛ばされたことを話した。

その目的が藤の木の蘇生であること、小夜にはそれができなかったことも。

飛ばされた時代では、先代火の神に世話になったことを話すと、鬼灯は少し驚いたような顔になった。

「五十年前なら、俺は先代火の神の後継者として弟子入りしていたはずだ。小夜がいたなら、覚えているはずだが……」

「そのことなのですが、鬼灯様。私がここに戻って来ることができたのは、鬼灯様のおかげなのです」

「俺の？」

「五十年前の鬼灯様が……空亡が時間移動する際に乗じて、私をこの時代に戻して下さったのです。ご自身の記憶を代償として」

鬼灯が差し出してくれたものの大きさを思うと、今でも声が震えてしまいそうだ。

そんな自分を叱咤しながら、言葉を続ける。

「鬼灯様は、最も価値があるものとして、私との記憶を差し出されました。五十年前の鬼灯様のおかげで、私はここに戻って来ることができたのです」

「そうか。だから記憶にないのか」

呟いた鬼灯は、愛おしそうに小夜を見つめた。

「術を使うには神気がいる。それを補うに値するほどの記憶ということは、昔の俺の中では、小夜との記憶はとても大事なものだったんだな。そして、お前を帰すためならば、それほど大切なものを差し出しても惜しくはないと思ったのだろう」

それからどこか遠くを見るような眼差しで、

「道理で、何か足りないような気がしていたんだ。俺は必ず火の神になると決めていたし、その道に不安などなかったが……。それでも何か、自分の中でぽっかり穴が空いたような感覚に囚われていた」

と呟くのだが、その表情は幼子のように頼りなく、いとけないものだった。

小夜は唇を噛み締める。鬼灯が差し出してくれたものは、とても大きかったのだ。

「それでも私は、やっぱりここに戻って来たかった。鬼灯様はきっと、寝ずに私のことを捜して下さっているだろうと思って」

「ああ。深海も天空も、あらゆる場所を捜させたが、影も形もなかったから、きっと違う時代にいるのだろうと想定はしていたんだが」

なかなか時間を遡る術が見つからなくてな、と言いながら、鬼灯がゆっくりと体を寄せてくる。

腕の中にすっぽりと抱え込まれ、小夜は安堵のため息をついた。互いの匂いと体温が、疲れた体にじわりと染み込む。

鬼灯はまどろむような口調で、

「時間を移動する術は、夜の神しか知らないからな。その術を自分で開発するのと、夜の神のところに殴り込みに行くのと、どちらが早いか牡丹と真剣に検討していた」

「そ、そんな検討を……」

「牡丹は殴り込みに行きましょうと意気込んでいたし、俺もどちらかと言えばその考えだったんだが、鳴海と扇に止められた」

「お二方なら止めて下さると信じてました」

「まあ、夜の神を相手どるにも、それなりの準備が必要だしな……」

鬼灯が小さくあくびを嚙み殺す。しばらくまともに眠っていないのだろう、瞼がゆっくりと落ちてゆく。

その頭を優しく撫でながら、小夜は呟いた。

「金剛様に、きちんとご挨拶をしないまま帰ってきてしまったのが心残りです」

「まあ、あの人はどこか達観した方だったから――お前の事情も全て分かっておいでだったろうよ」

「優しい方でした。お会いできてよかった。時間を飛ばされたのはとても困りましたけど、やんちゃで乱暴者な鬼灯様を見られたのも、嬉しかったです」

「む。一方的に自分の青年時代を見られるというのは、何と言うか、ものすごく気恥ずかしいな……？」

「お可愛らしかったですよ」

「くっ……。ああ、でも、思い出した」

眠りの泉に半ば足を浸しているような、夢見心地の口調で、鬼灯は言う。

「前に、誰に宛てたか分からない恋文を火蔵で見つけたんだ。俺の字だが、全く心当たりがない。自分でも歯の浮くような言葉ばかりで、見るに堪えなくて火蔵に突っ込んだままにしておいたんだが」

「……えっ？」

「それは多分、五十年前の俺が、お前に宛てて書いた恋文だ。いつからかは分からんが、昔の俺はお前を元いた時代に戻すと決めていたんだろうな」

だからせめて、思いを文字に残したくて、出す予定のない恋文を何通も書いた。

おぼろげな声でそう呟いた鬼灯は、既に目を閉じている。寝息を立て始めるのも時間の問題だろう。

けれど小夜は、眠ることができなかった。呆然と鬼灯の寝顔を見下ろしている。

「そう言えば鬼灯様、ちゃんと紙に書き残したし、と最後に仰っていたわよね」

小夜は苦労しながら鬼灯の腕を抜け出し、脱いだ自分の着物の懐を探る。

何度も読み返して折り目のついたその紙は、小夜が火蔵御殿を飛び出す発端となった、鬼灯の恋文だった。

誰に宛てたものかと悋気を起こして、火蔵を飛び出したことが、遠い昔のように思われる。

「これは、私に宛てた恋文だった……？」

それもきっと、小夜に届ける気のない、鬼灯だけの恋文だ。

五十年前の鬼灯は、どんな気持ちでこれを認めたのだろう。

帰りたいと告げる小夜を、どんな気持ちで助けてくれたのだろう。

そう思って恋文を見ると、全く違う印象を受ける。最初は鬼灯が愛した他の女性を思って、暗澹たる気持ちになったが、今は違う。

涙がほたほたとこぼれ、紙にしみを作った。

「鬼灯様は、本当に私を愛して下さっているのね」

その思いに応える力が欲しい、と小夜は強く願った。

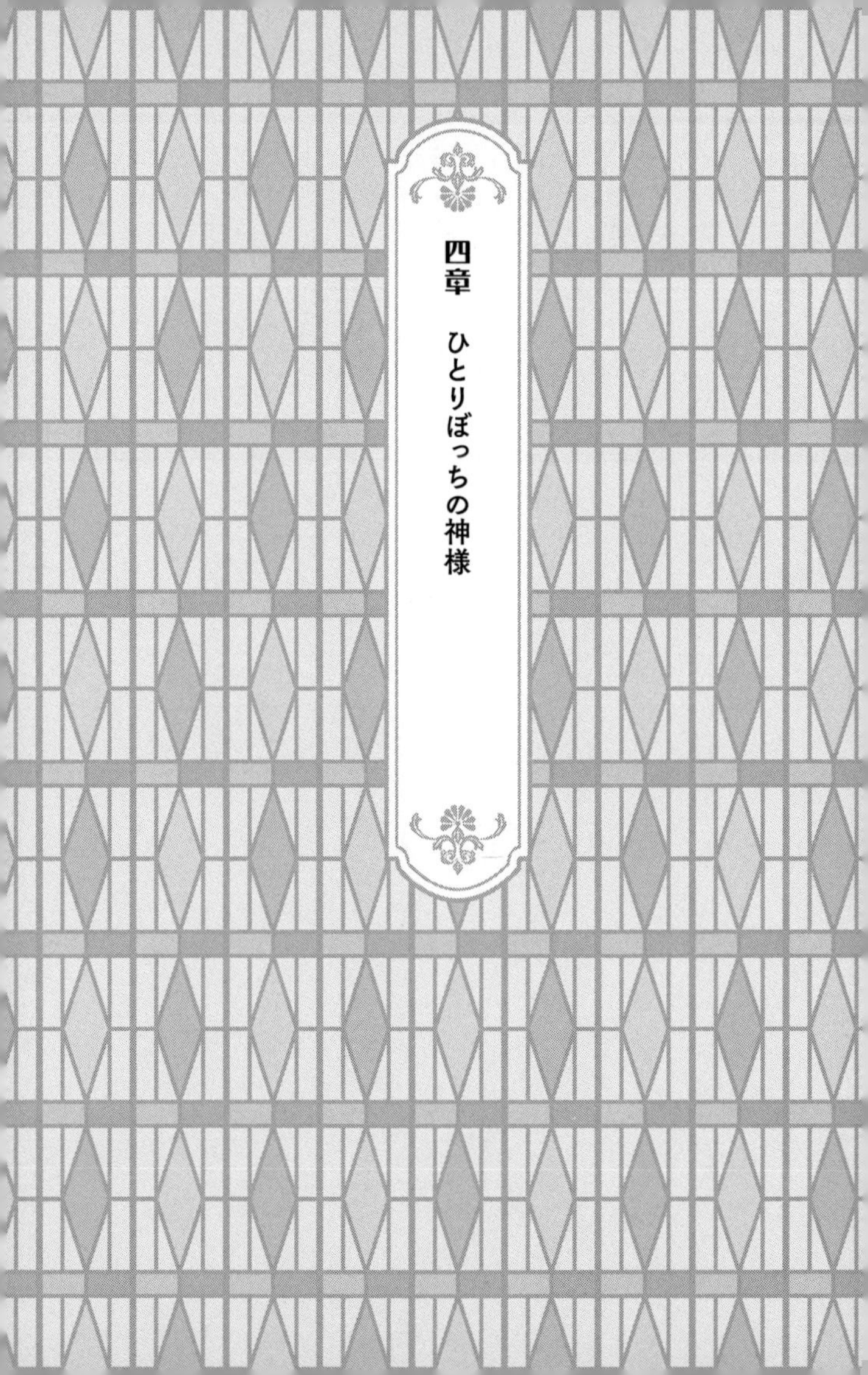

四章　ひとりぼっちの神様

本の神たる扇の屋敷には、とにかく本が山積みになっている。巻物に冊子、革表紙の舶来本に、石板や木簡までをも取り揃え、屋敷はいつもどこか古書の匂いに満ちている。

ここであれば本の子も鼠算式に増えてゆくのだろう、と鬼灯は少しげんなりした気持ちになった。

「火気厳禁ですからね」

鬼灯にそう念押しするのは、扇の巫だ。三白眼の青年で、今にも鬼灯が放火するのではないかという目で火の神を見ている。

鬼灯は苦笑を禁じ得ない。巫とは神に頭を垂れるもの、という常識は、本の神の屋敷では通じないようだった。

「さすが扇の巫だな。恐れ知らずだ」

「恐れ知らずなのは母様の影響だろうな。入江は母様から紹介してもらった巫だから」

扇が出迎えに来たので、入江と呼ばれた青年の案内はここまでだった。

扇の屋敷は迷路のように入り組んでいる。廊下にまでずらりと並ぶ書棚はまだいいのだが、その合間にある小部屋の構造が、とにかく訪問者を迷わせるのだ。

火気厳禁、日の光も好ましくないということで、窓も限られている。ここを歩く時鬼灯は、自分が蟻になったような気持ちになるのだった。

案内された客間は舶来風に、洋卓とソファ、肘掛け椅子が用意されていた。

客間はさすがに本も少なく、窓が開け放たれて涼しい風が入り込んできている。

扇は鬼灯に革張りのソファを勧めた。腰かけると存外固く、座り心地が良かった。

「酒でも飲むか。お前のお嬢さんが戻って来た祝杯でもあげよう」

「いや、いい。それより情報が欲しい。先代夜の神についての情報だ」

「ああ――……お前それ結構泥沼だぞ。あんまり鼻先を突っ込むのはおすすめしない」

「小夜をかどわかしたのは先代夜の神だ。空亡と名乗っているらしい。その落とし前はきっちりつけてもらう」

声こそ冷静だが、鬼灯の金色の目には、静かな怒りが湛えられている。

扇は肘掛け椅子に腰かけると、やれやれと首を振った。こういう時の鬼灯は厄介だ。自分の望みを叶えるまで、撤退ということを知らない。

「お前がよこした手紙によると、お嬢さんは五十年前に飛ばされたそうだな。藤の木の蘇生を頼まれたとか」

「そうだ。小夜のことを、自分の願いを叶える便利な道具だとでも思っていたらしい。反吐が出るな」

「火の神を敵に回すとも知らずに、馬鹿な奴だな。で？　先代夜の神とその藤の木の関係について、何か分かっているのか？」

「何も。ああ、ただ小夜が五十年前に知恵の神どのから聞いたところによると、その藤の木が何か重大な秘密を知っているのではないかということだったが」

待て待て、と扇が話を止める。

「知恵の神？　ということはつまり、お嬢さんは母様に会ったのか!?」

「とても綺麗でさっぱりとした女神だったと小夜が言っていた。扇には会っていないが、火蔵御殿にはやって来ていたそうだな」

「ああ――……思い出したぞ、確か火蔵御殿に初めて行った日だ。夜霧が酷くて、それに乗じてやって来る連中の対策に、護符をもらいに行ったんだ」

思い出すように宙を睨みながら扇が言うと、そうらしいな、と鬼灯が頷いた。

「あの頃からずっとそうだが、夜の神の情報はあまりないんだよな。先代と当代の争いでさえも、全てが秘密裏になされている」

「どうせ後ろめたいことでもやってるんだろ。夜闇に隠れるしか能のない蝙蝠（こうもり）野郎だ」

「そうだな。神の代替わりを秘密裏にするというのは、あまり良い印象を与えない」

「だろう？　俺の先代の時は物凄かったのに」

「葬式がほとんど祝典みたいになってたもんなあ。ま、それはお前が後継者として奮闘したからだろうけど」

　扇は思い出し笑いを浮かべた。

「あの時のお前の顔！　火の神を継ぐんだからもっと嬉しそうな顔してりゃ良かったのに、緊張してて顔が怖くなってんの」

「当然だろ。これからずっと、火の神にふさわしい振る舞いをしなければならないと思うと、緊張の一つもする」

「そういうもんかね。俺は生まれた時から、本の神になるのが決まってるようなもんだったからな」

「さすが跡取り息子は違うな」

「言っとくが俺は知恵の神を継ぐ気はないよ。あんな仕事量こなせるか」

うえっと顔をしかめた扇は、立ち上がると近くの本棚に向かった。

　その前で手を打つと、目の前にぞろりと書物が現れる。巻物、木簡、冊子たちが扇の前に居並んでいる。

「先代夜の神について、だったな……。書き物で残っていると良いんだが」

「知恵の神どのは、先代と当代が天目壺について争ったんじゃないか、と言っていたそうだ」

「天目壺？　ああ、夜霧を発生させ、夜の闇を濃くする壺か。星を夜空にちりばめることができる、夜の神を象徴する壺だな」

言いながら扇は一冊の目録に目をやり、首を傾げた。

「だがその壺は、今は違うあやかしの所有物であると書いてあるぞ」

「何だって？」

「ほらここ。この目録は別に誰でも入手できるし、空亡も壺の在処くらいは分かっていたんじゃないか。そもそも、天目壺は夜の神を象徴する品だが、それほど強い力を持っているわけではない。あくまで一時的に夜の神の真似事ができるていどの代物だ」

「……小夜を五十年前まで飛ばしてまで欲するようなものではない、ということか」

「今となってみれば、な。象徴的な品だから、神の座を争っている間であれば、その重要度は高かっただろうが」

鬼灯は腕を組んで唸る。

空亡が小夜を五十年前に飛ばすには、よほどの神気が必要だったはずだ。小夜の話によると、空亡自身も五十年前に飛んでいるから、必要とされる力はますます大きくなる。

そこまでして成し遂げたかったことが、藤の木を清めることというのが、どうにも納得しがたい。大きな対価を払ってでも藤の木を清めようとしたのはなぜか。その先の目的があるのか、それとも清めること自体が目的だったのか。

扇は何冊かの冊子を持って、鬼灯の前に置いた。

「先代の夜の神に関する記述がある本だ。少ないな！」

「記録を残さない方だったんだろう。秘密主義な奴め、友人にはなれそうもないな」

「お前の友人やれるのは俺くらいのもんだろ、鬼灯ぃ。だが奇遇なことに、友人になれそうにもない、という一文が、この記録の中にもある」

「誰の記録だ？」

扇は黙って冊子の表紙の花押を指さした。

桜の花を模した花押は、春の神のものであることを示している。

「これは日記だ」

「何で春の神の日記をお前が持ってる？」

「昔流行ったんだよ、神の日記を書き写して流通させるのが。しかも書き手があの美しい春の神だろ？　美の秘訣が書かれているからと、女たちがこぞって買ったらしい。内容だけじゃなくて、製本の美しさも見どころでな……」

冊子を綴じるのに使われた紐の美しさや、表紙の手触りの良さを熱弁する扇だったが、鬼灯は聞いていなかった。

中をめくってもう読み始めている。扇は苦笑しながら、

「さっき見たんだが、八十年前、その春の神が夜の神に一人の巫を贈っているぞ」

「あの二人に交友があったとはな」

「今や春の神は夜の神を毛嫌いしているもんな。一体何があったのやら」

「……聞いてみるか」

扇は面白そうに片眉を上げた。

「春の神はお前を心底嫌ってるじゃないか。確か、春の神のお気に入りの神を、彼女の目の前で叩(たた)きのめしたから、だっけ？　そんな神がお前の質問に答えてくれるのか」

「罪状は他にもあるらしいが、いちいち覚えていない。だが問題ないだろう。小夜は春の神にも気に入られているからな」

「自分の手柄みたいに胸を張るじゃないか。あのお嬢さんを嫌いになれる神もそういないだろう」

清らかな気を持ち、控えめな態度ながらも、気遣いを忘れない。愛されることに慣れず、いつまでもいじらしい。

だからこそ空亡にもかどわかされるのだろう、と思いながら、扇は鬼灯の前に本を積んだ。

「ここで読んでも良いし、持って行っても構わない」

「助かる」

扇は頁(ぺーじ)を繰る鬼灯の顔をしげしげと見つめた。

小夜がいなくなったという連絡を扇が受けたのは、つい一週間ほど前のことになる。

その時の鬼灯の事の進め方は、まさに鬼気迫るという表現が正しかった。激昂(げきこう)することはなかったものの、常に怒りを原動力として動き回っていた。

それは、天照大神の呪いを受ける直前の鬼灯に少し似ていて、扇は目を細める。

「しかしお前も変わったな、鬼灯。呪いを受ける前は、世界は自分を中心に回ってて、自分以外のもの全てが敵であると信じて疑わない態度だったのに」

「何だ急に」

「他の神々にも見放されてさ。俺だって危うく書庫に火を放たれるところだった。皆が辟易(へきえき)して離れていったよな」

鬼灯が頁から顔を上げ、居心地悪そうな表情を浮かべた。

「昔のことを蒸し返さないでくれ。一応、反省はしているんだ。何というか、あの時期は……自暴自棄になっていた」

「なあ、前から思ってたんだが、お前本当に天照大神様の鏡を盗んだのか？」

扇にずばりと切り込まれ、鬼灯は一瞬言葉に詰まる。

その隙を見逃さず、扇はさらに踏み込んだ。

「お前は乱暴者だったが、盗みはしなかった。火の神になる前は工房の神だったお前が、他者が丹精こめて作ったものを、盗みなんて卑劣な行為で手に入れようとするわけがないんだ。——なのにお前は、天照大神様の鏡を盗んだ咎で呪いをかけられている。納得がいかない」

「……」

困惑したような鬼灯の表情。何と返答すべきか迷っているのかもしれない。

だから扇は、こちらから仕掛けることにした。

「その盗み、狂言だったたんじゃないか。天照大神様がお前をはめるために、わざと鏡を盗ませたんだ」

「……そこまで分かってるなら、聞くな」

「やはりな」

扇は我が意を得たりとばかりに膝を打った。

「呪われる前のお前は本当に癇に障る奴だった。だが、癇に障るからという理由で天照大神様がお前を呪えば、お前は天照大神様に見放され、拒否された捨て子に成り下がる」

鬼灯は本を置くと、腕組みをしながらソファの背もたれに体を預ける。

「天照大神様は、俺たち神々の頂点に君臨するお方だ。そのお方に呪われるということは、存在を否定されたも同義。俺がどれほど心を入れ替えたとしても、もう誰も俺に見向きもしなかっただろう」

「だから、天照大神様は『鏡を盗んだ』という罪を作り、その罪を罰するためとしてお前を呪った。火の神・鬼灯そのものではなく、火の神の犯した罪を悪とした」

「ああ。呪われて力を失い、醜く変貌した俺は、誰からも相手にされなかった。六人の巫が俺を拒否した。それが俺の犯した罪に対する罰だった。――だが、小夜の存在が俺を変えた」

小夜は鬼灯を醜くないと言い、側に寄り添い、更には鬼灯にかけられた呪いを弱めることさえしてみせた。

そして鬼灯もまた、誰かを大切にすることを知った。火の神としての責務を果たそうと思うようになった。

「お嬢さんがお前を変えたという点については全面的に同意だよ。この間の『店開きの宴』は、お前とお嬢さんの話題で持ちきりだったんだろ？　眉目秀麗なおしどり夫婦だとな」

扇の言葉に、鬼灯は当然とばかりに笑った。だが得意げな顔もつかの間のことで、すぐに困ったように眉根を寄せる。

「今までの態度は何だったんだ、と思うほどに歓迎されたな。醜い神は立ち入るなと言われ、物を買うことさえ許されなかったこともあったのに」

「手のひら返しは野次馬の十八番だ、大目に見てやれ。……しかしこうも言えないか。美しく清らかなお嬢さんを花嫁に迎えたことに加えて、火の神として物作りの仕事をしたり、護符を作ったりすることで、異界の住人たちは、お前の禊は終わったと考えた、と」

以前のように強固な地位ではないが、鬼灯は再び火の神としての地位に返り咲きつつあった。『店開きの宴』は鬼灯の格の高さを改めて知らしめる機会だった。

鬼灯は頷いたものの、苦虫を噛み潰したような顔になった。

「問題はその先だ。天照大神様は、なぜそんな迂遠な手段を選んだのか」

「そりゃあもちろん、お前のことを気に入っているからだろ」

「正確に言うなら俺自身ではなく、俺の持つ清めの力を気に入っておいでだ」

「ああ！　先代火の神・金剛様が有していた清めの力を、お前はほぼ受け継いだからな。なるほど、天照大神様の狙いはそこか」

神々は、先代の神を力で打ち負かすか、先代からその名を譲られることで代替わりを果たす。代替わりの際に神の名と権能を受け継ぐのだが、必ずしも全ての権能を受け継ぐことができるわけではない。

受け継いだ神の器量によっては、先代が譲ろうとした権能を持つことができない場合もあるのだ。

しかし鬼灯は、金剛の権能を全て受け継ぐことに成功していた。

もっとも、清めの力などほとんど使ったことはなかった。あれが神としての寿命を削るものだと、師を見て理解していたからだ。

「清めの力は貴重だからな。水の神のように、その力を持っていても使いたがらない神も多い。代償が大きいから」

「だから天照大神様は俺を手駒に加えたかったのさ。あえて罪を作り、その罰として呪いをかけることで、俺の生殺与奪の権を握った。清めの力を使うことで俺がどれだけ消耗しても、天照大神様は何の痛痒（つうよう）も感じないだろうし、周りもさほど同情しないだろうからな」

「理想的な手駒だな。——だが、そこにお嬢さんが現れた」

扇は知恵の神の息子らしく、よどみなく言葉を続ける。

「お嬢さんは天照大神様がかけた呪いを、その清めの力によって弱めた。夫に匹敵する、いやそれ以上の清めの力を持っているかもしれない巫を、天照大神様は果たしてどう扱われるか」

「……それが分からないから困っている。俺があまり大暴れしていないのは、俺が改心したからというよりも、万が一にも小夜の身を脅かしたくないからだ」

鬼灯は前のめりになり、肘を膝の上について両手で口元を覆った。

「俺の性質は、工房の神だった頃からさほど変わっていない。どこまでも乱暴で粗雑で、神という枠組みにはめられていなければ、ただの野火に過ぎない」

「そうか？　乱暴で粗雑な神は、あれほど精密な本棚なんか作れないと思うが」

扇は鬼灯に依頼して作ってもらった本棚を思い浮かべながら言う。鬼灯は苦笑し、

「ああいう細かい手作業も好きだが、それは俺の側面の一つでしかないだろう」

「だがお前の性質の一つであることは確かだろ。あまり自分を悪い方に捉えるな。お嬢さんはお前を乱暴者だとか粗雑な神だとか言うか？」

鬼灯は静かに頭を振る。

「ならばそれが、お前の本質だよ。悪いことは言わん、花嫁の言うことは素直に聞いておけ」

扇がそう言うと、鬼灯ははにかむように笑った。長年の付き合いである扇も見たことがないような柔らかい表情に、扇はやれやれと苦笑する。

「だんだん表情がお嬢さんに似てきたなあ、お前」

「可憐だろ？」

「そんなデカい身体(なり)で可憐を自称するのはちょっと図々しくないか？」

だが確実に鬼灯は変わった。扇は、抜身の刃物のように危うい鬼灯も嫌いではなかったが、今の鬼灯の方が幸せそうに見えた。

小夜が鬼灯に与えたものはそれほど大きかったのだろう。

だからこそ、小夜をさらった空亡に対して、鬼灯がどんな手段に出るのかが少し気にかかる。

もし空亡が凶暴な神なのであれば、きつく灸(きゅう)を据える必要があるだろうが——。

先代とは言え、夜の神と鬼灯が敵対するということは、周りの神々にあまり良い印象を与えないだろう。

どうか、平和な解決を。本の神たる扇は密かにそう願うのだった。

*

台所に入って来た牡丹が、あれ、と声を漏らす。

「鬼灯様はお出かけです？」

「ええ、長くはかからないと仰っていたわ。私はお留守番」

小夜は昼食の片づけをしているところだった。牡丹が慌てて替わろうとするが、小夜は笑って牡丹を座らせた。

「私がいない間、あなたが火蔵御殿の掃除や炊事をやってくれていたんだもの。このくらいやらせて」

「一週間かそこらでしたし、そもそも私はこの家の使用人ですから！」

「一週間？　そう、じゃあ時間の流れが違ったのね」

「小夜様はどのくらい五十年前にいたんですか？」

「一か月弱というところかしら」

「へえ、それじゃあ本当に時間の流れが違ったんですね。でも正直、これ以上は鬼灯様が耐えられそうになかったから、帰ってきて下さって嬉しいです」

それに、と牡丹は少しだけ洟をすする。

「私も、寂しかったですし」

「牡丹……。心配かけてごめんね」

「いえいえ！　かどわかされるのは良い花嫁の証拠と、どこかの誰かも言っていましたし！」

「それは何だか……微妙に不名誉じゃないかしら……？」

洗った食器を丁寧に拭きながら、牡丹が首をかしげる。

「にしても、鬼灯様が一人でお出かけなさるなんて意外です。小夜様を片時も離さない勢いじゃなかったですか」

「もしかしたら少し危ないところに行かれるのかも知れないわ。空亡が先代夜の神様だと分かったから、対策を練っているのでしょう」

小夜は濡れた手を拭きながら、呟く。

「私は空亡よりも、あの藤の木の方が気になるわ」

「藤の木？　空亡のクソ野郎が清めろって言ってきたやつですよね」

「女性の姿が見えたの。藤の木の精霊かしら。いずれにせよ、ほとんど言葉を聞くことができなかったのだけれど」

「小夜様の蝶の耳でも聞こえないなら、その藤の木はもう駄目なんじゃないですか」

牡丹はあっさりと言った。

そうかもしれないと小夜は思う。けれど頷きたくなかった。

「でも、あの藤の木は、私にごめんなさいと謝ったわ。私が藤の木を清められないって、きっと分かっていたのだと思う」

「ふうん。藤の木が分かってることを、空亡は分からなかったんですかね？」

本当に分からなかったのだろうか？　空亡は、そのために小夜を五十年前に送り込むほど、向こう見ずな神なのだろうか。

「五十年前……」

小夜は空亡の言葉を思い出す。

小夜を時間移動させようとした時。小夜が藤の木を清められないと言った時。

あと二十年昔なら、と空亡は言っていなかっただろうか。

「空亡が本当に私を飛ばしたかったのは、七十年前だったのかしら」

空亡の言葉を信じるならば、何かの手違いで五十年前にしか飛ばせなかった可能性がある。

本来空亡が小夜を飛ばしたかった七十年前。その時、藤の木に一体何が起こったというのだろうか。

小夜が考え込んでいると、玄関で鬼灯が帰って来る気配がした。

「お帰りなさいませ、鬼灯様」

出迎えると、鬼灯は安堵を隠さぬまま小夜を強く抱きしめた。すーっと強く匂いを嗅ぎながら、

「お前が行方不明になっていた分を補充しないとな……」

などと言うので、小夜もお返しに鬼灯の匂いを思い切り吸い込んでやった。

その拍子にふわりと香るのは、少し古い本の匂いだ。

「扇様の所へいらしたのですね。本の匂いがします」

「ああ。あとはまあ、野暮用をな」

「野暮用？」

頷いて鬼灯は、どこかくたびれた表情になった。

「すまないが、買い物に付き合ってくれ」

＊

ここは新装開店したばかりの百貨店、七階婦人服売り場の個室。

春の神と『百貨店ぐりざいゆ』の店主・鈴蘭は、美しい顔を寄せ合って、反物を選んでいた。

「夏だから、華やかな色味がいいのよねぇ」

「もちろんでございますわ、春の神様。水色などいかがでしょう？　お髪の色とよく合いますわ」

「水色、好きよ。でもこっちの少し濃いめの青も良いのよね。……ねえ小夜、どっちが良いかしら？」

ソファの上で身を強張らせていた小夜が、ぴゃっと飛び上がる。

襦袢一枚の春の神が手にしている反物は、いずれも豪華なもので、小夜が見たことのない値段がついている。

高級品の判別はできず、だから小夜は蝶の耳を使ってみた。

「水色の反物の方が、春の神様に着られたがっています。自信があるみたいです」

「ふーん。じゃ水色じゃない方にしよっと」

「はい！　……あ、あれ？」

着られたがっている方ではない反物を選んだ春の神は、びっくりしている小夜の横にぽすんと腰を下ろし、

「そんな顔しないで！　私に着られたい子なんていっぱいいるのよ。皆の言うこと聞いてちゃ、体がいくつあっても足りないわ」

「そ、そうなのですか」

「なら小夜に聞く必要はなかっただろう」

後ろの方で興味が無さそうに本を読んでいた鬼灯が、きろりと春の神を睨む。

春の神はべっと舌を出して、

「いいじゃない、からかっただけでしょ。大体何であんたがいるのよ。こっちは肌襦袢一枚なんですけど？」

「お前の悪だくみを阻止するためだ。——お前、黙って小夜を連れて帰るつもりだっただろう」

「……な、何で分かったのよ」

「百貨店の従業員に口止め料をばら撒いていたところを目撃した。嫌がらせも大概にしろ」

春の神は桃色の髪を指先でくるくるといじりながら、むっと頬を膨らませた。

「だってあんたがまた馬鹿みたいに狼狽えるとこ、見たかったんだもの。小夜がいないだけで、手負いの虎みたいにうろうろしちゃってさ、そんな面白い見世物って他にはないわよ」

「悪趣味な女神だ」

「あら、私は気まぐれな春の女神よ？　悪趣味じゃないわけないでしょう」

にっこり笑った春の神は、小夜の肩をぎゅっと抱き寄せた。柔らかい頬が触れ合う。

「安心して、私は小夜を傷つけたりなんかしないわ。ただ火の神のことが大ッ嫌いだから困らせたいの」

「春の神様は鬼灯様がそんなにお嫌いなのですか」

「ええ、存在自体が不愉快よ！　あいつったら、私と恋仲だった神を公衆の面前でやっつけちゃって、私に恥をかかせたんだから！」

そんなことがあったのかと驚く小夜を見、春の神は悪戯っぽく唇を尖らせた。

「鬼灯の罪状は他にもたくさんあるから、今度教えてあげるわね。でもね私、小夜のことは大好きなのよ。良い匂いがするもの。食べちゃいたいくらい」

すりすりと頬をすり寄せられていると、何だか大きくて美しい猫に懐かれているような気持ちになってくる。

それに、今日は春の神の機嫌を損ねてはいけないのだ。

鈴蘭が絶妙な間で会話に入って来る。

「春の神様、帯はいかがいたしましょう？　今日は火の神様が全ての費用をお持ち下さると伺っていますから、ご存分に好きなものをお選び下さいまし」

「人の財布だと思って軽々しく言ってくれるな。――費用は全部持つが、その代わり」

「分かってるわよう。八十年前に、先代夜の神に巫を贈った件について、話せば良いんでしょ」

でもねえ、と別の反物を胸に当てながら、春の神は言う。

「覚えてないのよ。だから今、白兎(しろうさぎ)を呼んでるわ。あの子なら巫のこと全部覚えてるから」

「白兎さん、凄い方ですね」

「秘書みたいなものだからね。ねえ小夜、青の反物なら帯は黄色とかにした方が可愛いかしら」

「はい、明るい印象になるかと思います。でも白も素敵ですよ」

小夜が帯を当ててると、春の神はあら、と顔をほころばせた。

「確かに白、良いわね。これちょうだい。あと帽子も欲しいの、これに合う麦わら帽子がいいわね」

「かしこまりました。今運ばせますのでお待ち下さい」

女たちの買い物は終わりが見えない。

鈴蘭が大量に商品を持ち込むせいで、ソファに座っているはずの小夜の姿さえ埋もれてしまうほどだ。

鬼灯は何度も、小夜も何か買いなさいと言うのだが、既に凄まじい金額の会計が確定していることを知っている小夜は、決して首を縦に振らなかった。

そのせいで「小夜に何か買ってやりたい欲」が頂点に達した鬼灯にこう言われる始末だった。

「次は必ず二人だけで来よう。お前が好きなものを好きなだけ買ってやる。もうお前がいらないと言っても買ってやるから覚悟していなさい」

「覚悟の使い方がおかしくはないでしょうか、鬼灯様……」

そうして、鬼灯が持ってきた本をすっかり読み終えてしまった頃、ようやく白兎がやって来た。

初雪のように白い体は、色彩だらけの個室の中でとてもよく目立った。

『うわっ、凄い有様だね、我が神。これ全部買って帰るのかい？』

「火の神のおごりでね？　白兎、八十年前に夜の神に贈った巫について教えてやって」

するとと白兎はその赤い目を嫌そうに細めて、

『よりによって夜の神に贈った巫ですか。あれ後味悪いんですよね』

「どういうことでしょう？　詳しく聞かせて下さいませんか」

『ああ、小夜様、こんばんは。何でも行方不明になられていたとか。無事にお戻りのようで何よりです』

「どうもありがとうございます。ご心配をおかけしまして」

深々とお辞儀し合って、なかなか本題に入らない小夜と白兎。見かねた鬼灯が話を促すと、白兎は語り始めた。

『八十年前、我が神は先代夜の神に借りを作ったんです。詳しくは申しませんが、小さくはない借りで、夜の神はその清算に、我が神の巫を一人差し出すよう求めてきました』

「神様が巫のやり取りをするなんて、初めて聞きました」

小夜が驚いたように呟くと、鬼灯が説明してくれた。

「優れた巫は貴重だからな。金子や価値のあるものと引き換えにされることもある。だが、普通はやらないものだ。巫と神にも相性というものがあるし、第一今まで手塩にかけて育ててきた巫を手放すなど、効率が悪い」

だが、八十年前にはそうも言っていられない事情があったのだろう。

春の神は十人ほどいる巫の中から、比較的年長の娘を選んだ。よく礼儀を知り、聡明で落ち着いた巫で、春の神が嫌っていたからだ。

『僕は反対したんですけどね。あの子は巫の中でもかなり優秀だったのに』

「だってあの子、すっごく働き者だったんだもの。こっちがどれだけだらけていても、姿勢一つ崩さないんだから、こっちもだらけるのに気が引けて、困ったわ」

『おや、意外と覚えていらっしゃるじゃないですか』

「思い出しただけ。勤勉すぎる子って、正直うちには向かないのよねー。巫としての経験を積んでるなら、夜の神のあしらいも上手くできるかなと思って送り込んだのよ」

『そうやって勤勉で真面目な巫を嫌がるから、うちの神殿には我が神のような図太くて気まぐれな性格の巫が勢揃いしているわけですが……』

「誰が図太いですって？　失礼しちゃうわね」

『気まぐれなのは否定しないんですね』

「だって気まぐれって、神様の性格の一番基本的なところじゃない？　私は職務に忠実なだけよ」

『うーん、議論の余地がある気もしますが、話を戻しますよ』

先代夜の神に贈られた巫は、流花（るか）という名なのだそうだ。落ち着いているが可憐なところのある娘で、夜の神に仕えることにもすぐに慣れた。

『ありがちな話ではあるのですが――先代夜の神は、流花と恋に落ちたそうです』

「恋に……」

『神々と巫がそういう関係になることは、珍しいことではありません。流花の方もまんざらではなかったようですよ。流花は、我が神に仕える巫と手紙のやり取りをしていたのですが、そこでのろけていたようですから』

春の神が嫌っていたとは言え、手塩にかけて育てた巫だ。もし夜の神のところで不遇の扱いを受けているようなら、即刻呼び戻すつもりだったと白兎は言う。

その兆候がなかったので、きっと平和に過ごしているのだろうと思った矢先のことだった。

夜の神が急に代替わりをした。

そして、流花からの便りが途絶え、彼女の行方が分からなくなった。

『僕たちも彼女のことを捜したのです。神が代替わりをするということは、巫を入れ替える可能性もありましたから。もし彼女が春の神の所へ戻ってきたいと願うなら、それを受け入れる態勢は整えていました』

「私は反対したのにー」

『我が神よ、さすがにその我がままは通りませんとあの時も申し上げたでしょう。優れた巫をないがしろにすれば、神としての品位を損なうことになります』

真面目に説教する白兎。

小夜はそれを聞いて少し意外に思った。人間からすると、巫などいつ神から切り捨てられてもおかしくない存在だ。

現に水の神は、小夜の実家であった石戸家を見限った。

そのことを尋ねてみると、白兎は、

『神の性格にもよりますね。水の神どのは恐らく、巫になりたいと思われる方々が多いので、選び放題なのでしょう。我が神はこの通り、気まぐれなところがありまして、この性質についていける巫はなかなかいないのですよ』

「そんなことはないと思いますが……」

春の神は確かに気まぐれだとは思うが、巫とは神に振り回されることが仕事というような側面もある。皆その覚悟を持って巫になるはずだ。

「私は、春の神様とお話しさせて頂いて、ついていけないと思ったことはございません。いつもお綺麗で、朗らかで、一緒にいるとわくわくします」

するとと春の神が両手で口元を押さえ、子供のようにくすくすと笑い始めた。

「ほら、小夜はちゃんと分かってるわ」

『小夜様、あまり我が神を甘やかさないで下さい……』

白兎はぼやきながらも、ちらりと春の神を見やった。

『まあ、我が神が我が神なりのやり方で巫を大切にしている、ということは僕が保証しますよ。だからあの時も、流花を捜させたのですが、見つかりませんでした。まるで煙のように消えてしまったのです。先代夜の神は敗北し、どこかへ落ち延びてしまったし、当代夜の神は取りつく島もなくて』

白兎は長いため息をつく。

『気がかりだったので、ちょっと探りを入れてみたのです。——すると、夜の神の御殿で働くフクロウの精霊が、こんなことを教えてくれました』

曰く、先代と当代の夜の神は、流花を争って戦った。

その言葉に小夜と鬼灯は顔を見合わせた。

「そんなことが……あるのでしょうか」

「珍しいことではないと思うが、それなら行方不明になったというのがおかしい。当代夜の神が勝者ならば、流花という巫を手に入れて、侍らせるだろう？」

　それに、と鬼灯は続ける。

「そのような経緯で代替わりをしたのであれば、夜の神は代替わりの戦いを周りの神々に喧伝するはずだ。何しろ勝利したのだからな」

『火の神様の仰る通りです。夜の神の代替わりの戦いは、ほとんどその詳細が知らされていませんが、巫を勝ち取ったのであれば、その事実をもっと周りに伝えてもおかしくはないはずです。誇り高い神々が、己の勝利を黙っている、ということを美徳ととらえているとは考えにくい』

「色恋沙汰で争ったことを、不名誉だと考えたのかも知れないが、勝利した側は後から何とでも理由をつけられる。なのに夜の神が口をつぐんでいるのは、手に入れるはずの巫を失ったからではないか」

「確かにそうですね。それなら、流花さんはどこに行ってしまったのでしょう」

　小夜の呟きに、白兎が答える。

『これはあくまでその精霊から聞いた噂でしかないのですが。何でも流花は、当代夜の神の寵（ちょう）を受けるのを拒んだのだそうです。先代夜の神に操を立てたのですね』

「どうやって？」

　鬼灯が尋ねる。その声は鋭い。

「巫が人間である以上、力で神を拒むことは難しい。神に望まれれば、人間は嫌でも応えざるを得ない。……そういう不均衡な関係だろう」

『何でも、流花は植物に姿を変えたのだそうですよ』

「植物ってもしかして、藤の木でしょうか⁉」

小夜が叫ぶと、白兎はちょっと意外そうに耳をひくつかせた。

『よくお分かりで。ええ、藤の木に変化したのです。摂理を使ってね』

「えっ、そうなの？」

春の神が驚いたような顔になる。

「だって摂理なんて、巫が使えるものなの？　神が使うものでしょ？」

『僕も詳細は分かりませんよ。でも流花は、夜の神の摂理を使って、藤の木に姿を変えたんだそうです』

「それは、当代夜の神様の寵愛を拒むため……」

強い決心が必要だっただろう。恐れも不安もあっただろう。

だが彼女は成し遂げたのだ。

自分が最も好いた神に操を立てるために。

「鬼灯様。空亡が私を七十年前に飛ばそうとしたのは、流花さんが藤の木になるのを防ごうとしたから、でしょうか。けれど何らかの事情で五十年前にしか飛ばせず、既に手遅れだった……？」

「いや、小夜が関与する理由が分からん。時間を遡る術を自分にだけ使って、七十年前に飛べば済む話だろう」

「空亡は、私に清めの力を使わせたかったようです。私が天照大神様の呪いを清めた、と勘違いなさっていて」

鬼灯は考え事をするように目を細める。

「七十年前に、何か小夜に清めて欲しいものがあったのか……？　そうすることで、巫は藤の木にならずに済むような何かが」

「きっと夜の神に関することですよね。摂理というものが何なのか分かっていないのですが、そこに何か問題があったとか」

「……」

春の神は小夜と鬼灯をじいっと見ていたが、ややあって退屈したように大きな口であくびをした。

「ね、白兎に聞きたいことって、あとどのくらいあるの？　私もう飽きてきちゃった」

「あと少しだ。白兎、そのフクロウの精霊は、今でも夜の神に仕えているのか」

『ええ。古株ですよ。連絡方法を教えておきましょう』

「ありがたい。これで聞きたいことは全部だ」

『そうですか。何かお役に立てていれば良いのですが』

「大収穫だ。感謝する」

白兎はひくひくと鼻先を動かしながら、ソファの上で猫のようにぐんにゃりと伸びている春の神に、適当な着物を着せる。

『ほら我が神、帰りますよっ。さっさと立って、馬車に乗る』

「はあい」

『だいたいこんなに服を買ってどうするんです。胡蝶（こちょう）がまた悋気を起こしても知りませんからね』

春の神たちは、慌ただしく個室を去って行った。

鬼灯と小夜もまた、百貨店を後にし、馬車で火蔵御殿へと帰ることにした。

その車中で、鬼灯は驚くべき言葉を口にした。

「小夜。この辺りで手を引かないか」

「ど、どういうことですか、鬼灯様」

「文字通りの意味だ。お前は無事に俺の下に帰ってきてくれた。空亡の企みの理由が分からないのは不本意だが、これ以上お前に危害を加えないのであれば、見逃してやるのもやぶさかではない」

小夜は混乱していた。神が自分の所有物にちょっかいを出されて黙っていることはほぼない。花嫁ともなればなおさらだ。

だというのに、鬼灯は急に見逃してやるなどと口にし始めた。争いを避けるに越したことはないが、言葉の意図がよく分からない。

「それに、この話に深入りすると、自然と当代の夜の神に向き合わなければならなくなる」

夜の神。闇を司るかの神は、火の神と相性が悪いのだという。

火は闇夜を切り裂き、人々に明かりを与える。獣を追い払い、安全を約束する。

だが火が強ければ強いほど、闇もまた色濃く覆いかぶさって来る。

真正面からやり合えば、被害が大きくなるのは免れない。

「仰ることは分かります。……でも、鬼灯様。私は白兎さんのお話を聞いて、あの藤の木と空亡を助けたいと思っています」

「小夜」

「だってあの藤の木の人は――流花さんは、本当に空亡のことを愛していました。枯れかけた姿になっても、空亡のことを思う気持ちが伝わってくるのです」

蝶の耳が捉えた、空亡の名を呼ぶ流花の声。

蚊の鳴くような声ではあったが、そこには明らかに空亡を慕う気持ちが込められていた。彼を愛しているからこそ、流花はその身を藤の木に変えても惜しくはないと思ったのだ。

他の誰の物にもなりたくなくて、藤の木に姿を変えた彼女の恋心が、小夜にはよく分かるような気がした。

以前小夜は、鉄の神に囚われ、彼の花嫁にされかけた。

鬼灯に触れられるのとは全く違う手つきと眼差しは、今まで感じたことのない嫌悪感を呼び起こした。

鬼灯でなければだめなのだ。きっと流花も、空亡でなければだめだったのだろう。

「空亡だって、あんなにぼろぼろの姿になってまで、流花さんを元に戻したいと思っています。必死なんです」

「だが空亡は、俺から小夜を奪った！　情けをかけてやる理由などどこにもない」

叫ぶ鬼灯はその勢いで立ち上がろうとしたが、小夜はその袖を摑んだ。

「鬼灯様。私は今、考えられないほどの幸運に恵まれて、鬼灯様の隣にいます」

「……」

「石戸家を勘当されてから、本当に色々な方に助けて頂きました。だから今度は私が、あの人たちを助けたいのです」

「それはお前のすることじゃない」

「でも、私がしてもいいことです」

いつになく食い下がる小夜に、鬼灯は困ったような眼差しを向ける。

「お前が生半可な気持ちでそう言っているわけではないことくらい分かる。お前の頼みならどんなことでも聞いてやりたい、だがこれはお前の身を危険に晒すことだ。耐えられそうにない」

弱弱しく呟いた鬼灯は、袖を掴む小夜の手に自分の手を滑り込ませ、無理やり立ち上がらせた。

「この話はもう終わりだ。帰ろう」

「鬼灯様……！」

「何度も言わせないでくれ。俺はもう、お前を危険に晒したくない。心臓が張り裂けるようなあの気持ちを味わいたくないんだ」

途方に暮れたような声に、小夜ははっとする。

自分の不在がどれほど鬼灯を苦しめたか、想像に難くない。

これ以上鬼灯を苦しめたくはない。それは小夜の偽りない本音だ。

――けれど、藤の木と空亡を助けたいという思いもまた、小夜の本音なのだった。

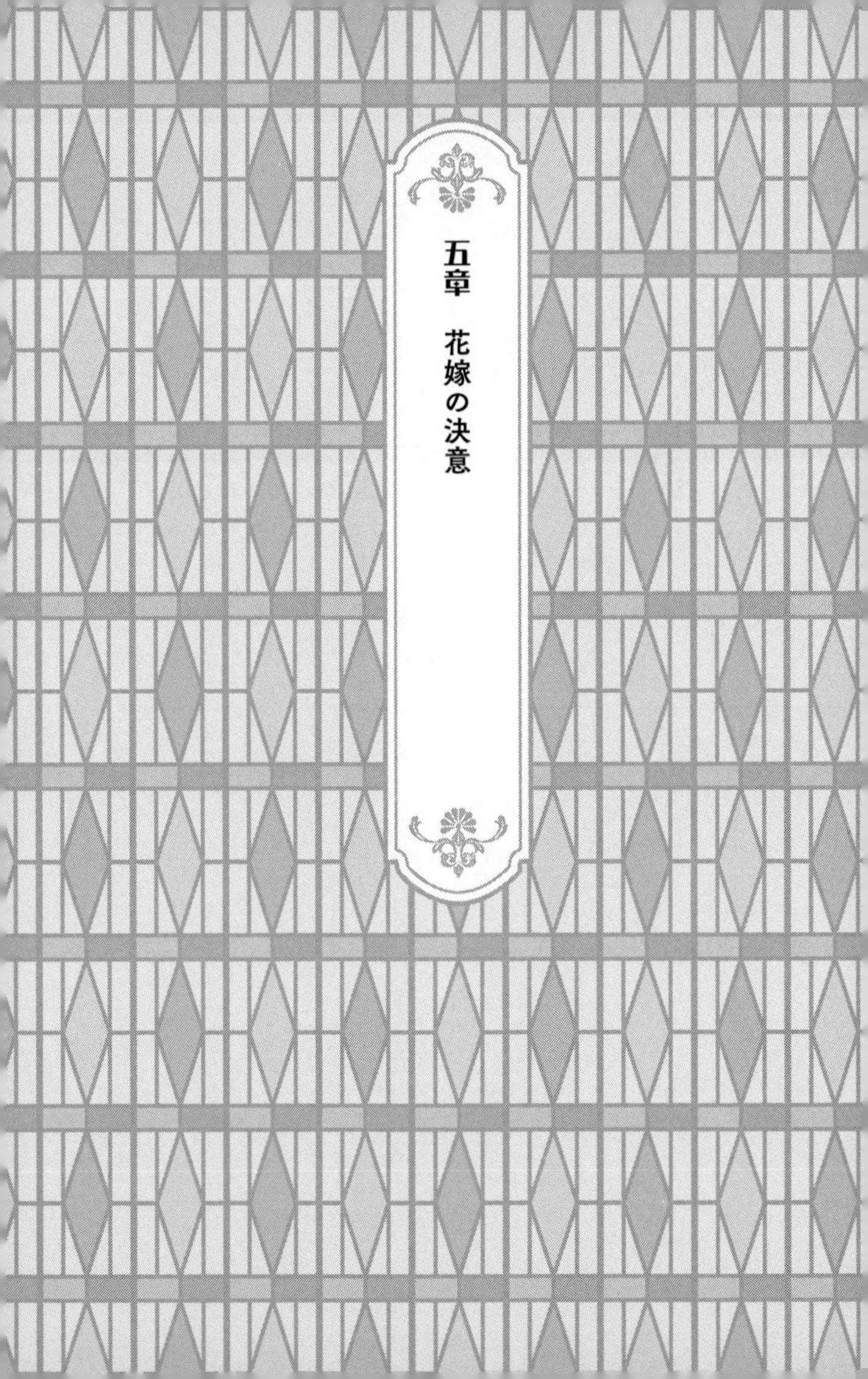

五章　花嫁の決意

夜の神は冷たい水と暗闇を好む。ゆえに、神殿内には水が多く引き込まれ、中には泳ぐことができるほど水に浸食されている部屋もあった。

夜の神の寝所は、汲めども尽きぬ冷たい水が、人間の膝の辺りまで湛えられている。凍るような水に足を浸けながら、その巫は夜の神の髪を梳いていた。

水は闇の色をしており、夜の神の調子によって、汚泥のように濁ったり、固く凝ったりする。

今日は少し粘ついているなと思いながら、巫は常の粗雑な態度からは想像もできぬ丁寧な手つきで、夜の神の身支度を整えていた。

「……奈々」

「はい、我が神」

「お前はなぜいつもぼろを纏っている？　髪もろくに結っていないだろう」

責めるような口調ももっともだ。奈々は淡々と事実を告げる。

「畏れながら、来て早々身の回りの品を全て没収されてしまいまして」

「没収？　脱走でもしようとしたのか」

「滅相もございません！　木蓮様の不興を買っただけです」

夜の神は肘置きの上で微かに身じろぎをした。奈々はぱっと髪から手を離して謝る。

「申し訳ございません。どこか引っ張ってしまいましたか」

「……いや。続けよ」

奈々は夜の神の身支度を再開する。手つきはよどみなく、そして目は油断なく、夜の神の様子を窺っている。

袴の紐を結ぼうと腰回りに手を伸ばすと、ほんの僅か身じろぎするところを見ると、どこか痛むのだろう。

最近はいつもそうだ。どこか辛そうで、けれど決してそれを表に出そうとしない。

「木蓮は、お前に厳しいか」

「全員にお厳しい方です。神殿の秩序をお守り下さっているのだと思います」

「物は言いようじゃ。――あれも暗闇に随分心を蝕(むしば)まれている」

呟いた夜の神は、夜の神の身支度に使われた立派な櫛を手に取ると、それを奈々に向けて放った。

受け取り損ねた櫛が水の中に落ちたが、奈々はさっと拾った。

「年頃の娘が鳥の巣のような髪をしていては、我が神殿の格が疑われる。髪くらいは手入れをせよ」

「あ……ありがとうございます！　大切にいたします！」

使い古しの櫛だ。けれどそれでも、神から下賜された大事な品を、奈々は胸元にそっとしまった。


夜の神は、前にいた巫に寵愛を拒まれた時から「こう」なってしまったのだと、口さがない従者たちは言う。

偏屈で、暗くて、異形で。感情を乱すと黒い闇を凝らせて操って、拘束してくる。聞く耳を持たない引きこもり。誰も彼の閉じこもった岩戸の前では踊らない。

奈々は貰ったばかりの櫛で髪を梳きながら、だけど、と思う。

「もし本当に、巫から拒まれたんだとしたら、辛いに決まってる」

誰かから嫌われたり、拒絶されたり、遠ざけられたりするのは、辛いことだ。奈々も、自分の顔のことをからかわれ、仲間外れにされた経験があるから分かる。

ましてや自分が好きだと告げた相手にそう言われれば、岩戸を閉ざしてしまうのも無理はないだろう。

「……今日も夜霧がすごいや」

乳白色の闇が視界を覆い尽くす。これは夜の神が自分の務めに誠実である証だ。

だが、最近の夜の神は、自らの義務以上の夜霧を発してはいないだろうか。

夜の闇が、いつもよりも濃くなってはいないだろうか？

「……」

神殿の中にいれば、立ち込める瘴気のような夜霧の影響を受けなくても済む。

だがあれは白乾山の麓まで達し、宵町まで至るという。夜霧には魔性が住み、あやかしや神々の生活を脅かすのだ。

奈々の胸が不安にざわめく。いつもは好ましい夜の闇が、どこか別人のような顔で奈々を見ているような気がした。

＊

猩々たちは荒事に慣れている。

猩々は、三千世界の最果てに住まう、人と神の混ざり物。あるいは神のなり損ない。

中途半端な立場だからこそ、荒事も引き受けなければ、この世界で生きていけないのだ。

「とは言え、最近多すぎやしませんか？」

赤毛の青年、鳴海は、辟易したように短剣を納めた。

巨大な蝗の形を取っていた魔性は、鳴海の短剣によって切り捨てられ、地面でぴくぴくと痙攣（けいれん）している。

その横では、頭に翼を生やした猩々の女が、霧に覆われた夜空を睨み付けていた。

「夜霧が濃すぎるんだろう。魔性どもには住みやすい環境のようだが、我々にとっては害獣に過ぎない」

「畑を荒らしたり、結界を食らったり、酷いときには神や精霊に怪我（けが）させたりしますからねえ」

他の猩々たちも、夜霧に紛れてやってきた魔性を駆除するのに忙しそうだ。虫やけだものの形を取る彼らは、夜霧からひっきりなしに湧き出てくる。

仕事にありつけるのは良いことだが、こう連日連夜では体がもたない。

「ふむ。夜霧は確か、夜の神の管轄でしたね？」

「まさか、夜の神に直接交渉しようってんじゃないだろうね」

「滅相もない！　ですが俺たちは、こういう時のために、偉い神様方に恩を売ってるんじゃありませんでしたっけ？」

鳴海が冗談めかして言うと、猩々の女もにやりと笑った。

「そうさね。具体的には、最近花嫁捜索のために、私たち猩々を七日七晩酷使した火の神様――とか？」

「対価をたんまり頂いたとは言え、激務でしたからねえ。少しくらいお願いしても罰は当たらないでしょう」

世渡り上手な猩々たちは、意味ありげな視線を交わした。

＊

「というわけなのです、鬼灯様」

鳴海は小夜が出してくれた茶を旨そうに飲みながら、鬼灯に語った。

火蔵御殿の応接間、天鵞絨張りのソファに腰かけた鳴海は、鬼灯に依頼したいことがあって来たのだという。

いつも鬼灯に物を頼まれる側である鳴海が、こうして火蔵御殿を訪れることは珍しく、だから小夜も張り切って練り切りなどを用意したのだが。

彼が話した内容は、奇しくも小夜と鬼灯の間で意見が分かれている、夜の神に関することだった。

「夜霧の被害は宵町にも出ていましてね。客足が遠のいているようなんですよ。ただでさえ百貨店ができて、客が取られるんじゃないかと戦々恐々としていたのに、この夜霧ではどうにもなりません」

「……そうか。夜霧は夜の神の管轄だったな」

「はい。ですので、鬼灯様の方から、それとなくこちらの状況を伝えて、夜霧を減らしてくれと伝えてもらえませんか」

　鬼灯は片手で額を押さえると、大きな唸り声を上げた。鳴海は注意深く表情を窺う。

「ご気分を害されましたら申し訳ございません。ですが我々も、夜霧に乗じて現れる魔性の対応に毎晩駆り出されており、このままでは人手不足に陥ることは目に見えておりまして」

「ああいや、お前たちの依頼を断るつもりはない。小夜の時は大変世話になった。そもそも小夜と出会うことができたのは、お前たちのおかげだからな」

　だが、と鬼灯は部屋の隅に控えている小夜を見る。

　小夜を守るためにも、夜の神には関わらないと決めたはずだ。しかしここで猩々たちの依頼を断るのは、礼儀にもとる。

　それに、火の神としての誇りにも関わって来る問題だ。先代火の神である金剛は、困っている存在を決して見捨てることはなかった。

「夜霧が多くて困っているのは、神々も同じだ」

「そうなのですか？」

「ああ。蔵や家が、夜霧に紛れてやって来る連中に蚕食されてしまうから、それを防ぐために護符が欲しい、と言われることが増えた」

「夜の神様は一体どうなさったんでしょうね？　前はこんなことなかった……ああいや、前もありましたね。確か五十年くらい前だと記録にありました」

「二十五年前も同じ状況になったと記憶している。もっともその時は夜霧ではなくて、月の満ち欠けがおかしくなっていたが」

鳴海は合点がいったような声を上げた。

「ということは、だいたい二十五年ごとに、夜の神様は不調になるんでしょうかね？」

「分からない。そう言ったことを他の神に言えば、弱点を突かれてしまうからな」

「そうですよね。でもその不調で困るのは、我々弱い立場の者であることを、どうにか夜の神様に伝えて下さいませんか」

「猩々でも、夜の神への伝手は持っていないものなのか」

悪あがきをする鬼灯に、鳴海が爽やかな笑みを返す。

「伏魔殿（ふくまでん）――なんて言われている夜の神様の御殿には、いくら私たち猩々でも入れませんよ、鬼灯様」

鳴海が帰った後も、鬼灯は応接室のソファに腰かけたままだった。茶菓として出された練り切りを、黒文字（くろもじ）で細かく切り分け続けながら独りごちる。

「……こういう時、火の神ならどうするものなんだ」

小夜に出会う前、仕事に打ち込むか、誰かと争うことしか能がなかった頃なら、一も二もなく引き受けていた。何なら夜の神と正面からやり合えるいい機会だとさえ思っていただろう。

けれど小夜に出会ってしまった今、夜の神に会うことが、小夜の身に危険を引き寄せてしまうのではないかという懸念が頭から離れない。

それに、また夜の神とひと悶着(もんちゃく)あれば、天照大神に目をつけられかねない。鬼灯自身は良いが、小夜を利用されるようなことがあれば、どうしたらいいのか分からない。

小夜を危険に晒すくらいなら、たとえ臆病者と罵られたとしても、夜の神に会わない方を選んでしまう。

自分は火の神であり、厄介事に対処するだけの力を持つ、強い存在であるはずなのに。

「鬼灯様? 練り切りがもう餡(あん)こに戻ってしまっています」

小夜が困ったように鬼灯の手の先を見ている。確かに、切り分けすぎて原形がなくなっていた。

お茶のお代わりはと問われ、鬼灯は黙って湯呑みを差し出す。注がれる緑茶の翡翠色に、しばし目を奪われていると、小夜が静かに口を開いた。

「きっと鬼灯様は、私を守ろうとして下さっているから、悩んでいるんですよね。ですから私には、あまり偉そうなことを言う資格はないのですが……」

「そんなことはない。お前の言葉はいつだって俺の役に立っている」

「ありがとうございます。私は五十年前の火蔵御殿で、鬼灯様が必死に訓練されているところを見てきました。花嫁として迎え入れて頂いてからは、火の神様として、お仕事に打ち込んでいるところをずっと見ています。――だから」

小夜は顔を上げてにっこりと微笑む。

「どんなご判断をなされても、それは火の神様の立派なご判断なのだと思います。だって鬼灯様はずっと、正しい火の神様であろうとなさっているのですから。そんな方が下す決断が、悪いものであるはずがありません」

「……小夜」

「私としては、空亡も藤の木も助けたいという気持ちに変わりはありませんが、それが我がままであることも分かってはいるのです。鬼灯様を苦しめたいわけではないのです。だから、どうか鬼灯様は、鬼灯様の決断をなさって下さい」

柔らかく微笑んで立ち去ろうとする小夜の手を、鬼灯がすがるように摑む。

小さな手の甲に額を押し当て、引き絞るような声で呟いた。

「どうしてお前は、いつもそうやって……」

「鬼灯様？」

鬼灯は意を決したように顔を上げた。

いつだって自分を励まし、支えてくれた小夜に、本心を明かさないでいるのは、あまりにも不誠実なことではないだろうか。

「小夜。俺が悩んでいるのは、夜の神だけのことではない。——俺が天照大神様から呪いを受けた、本当の理由を、お前に話したことはなかったな」

「本当の理由？　天照大神様の鏡を盗んだ鬼灯様にお灸を据える為に、呪いをかけられたと聞いておりましたが……。そうではないのですか」

鬼灯は小夜を隣に座らせると、淡々と語った。

かつて鬼灯が目も当てられぬほど乱暴な神だったこと。それを罰するために、天照大神は、鬼灯が鏡を盗んだと狂言をし、彼を罰したこと。

天照大神がそんな方法を選んだのは、鬼灯が火の神として受け継いだ、清めの力を自在に使うことが目的であるということ。平たく言えば、鬼灯を便利な手駒として使いたいからなのだということを、静かな口調で話した。

「分かるだろう。あまり事を荒立てると、天照大神様に目をつけられる。俺の呪いを弱めたお前も、何かに利用されかねない。そんなお方ではないと信じたいが」

小夜はしばらく、鬼灯の顔をまじまじと見つめていた。そうして静かに呟く。

「金剛様は、ご自身の寿命を削って清めの力を使っていらっしゃいました。神様の持つ清めの力は強すぎて、ご自身のお体にも影響が出てしまうのですね。だから鬼灯様は、あまりこのお力を使われなかったのでしょう」

「あ、ああ」

「でも、金剛様は、私の持つ清めの力を共に使えば、その影響を弱められるのかもしれないと仰っていました。だから、鬼灯様は金剛様よりもずっと長生きすると」

小夜の小さな手が、鬼灯の大きな手に触れる。鑿(のみ)を握っている時にできたのだろう切り傷のあとを、慈しむように撫でる。

「ですから、鬼灯様。もし天照大神様に清めのお仕事をお願いされたら、二人で取りかかりましょう。一緒にやれば大丈夫。何も怖いことはありません」

いつの間にか、小夜の目には強い決意が宿っていた。常ならば照れたように伏せられたり、子犬のように真っすぐに自分を見上げてきたりする瞳が、こんなに熱を放つことがあるのだと、鬼灯は初めて知った。

「だから、大丈夫です。私には鬼灯様がいますし、鬼灯様には私がいるのですから」

「……小夜」

一瞬泣きそうに顔を歪めた鬼灯だったが、その顔を見られぬよう、小夜の体を抱きしめた。小さな体だ。毎回抱き潰してしまわないかとひやひやする。

小夜は神ではない。強い肉体や権力を持っているわけでもない。今の言葉だけを聞いたら、口先だけの慰めに聞こえるだろう。

だが不思議と鬼灯は、小夜の言葉を真っすぐに受け止めることができた。何も怖いことはない。一緒にやれば、大丈夫――。

何の裏付けもない言葉が、鬼灯を奮い立たせる。もう一人きりではない。自分の横には小夜がいる。天照大神と相対するのに、これほど心強い味方がいるだろうか。

「あの日、猩々たちの屋敷で、お前を見つけられて良かった。お前が妻でいてくれて、良かった……！」

「身に余るお言葉です。でも、私も同じ気持ちです。見つけてくれて、良かった。鬼灯様の花嫁になれて、良かった」

鬼灯は体を離し、小夜の額に唇を寄せた。小さな顔を両手で包み込み、愛おしくてたまらないといった様子で、顔じゅうに口づけの雨を降らせる。

そうしているうちに、小夜の頬が赤くなってゆく。あれほど頼もしい言葉を発した娘は、夫婦になって半年近く経つというのに、まだ鬼灯の愛撫に慣れないのだ。

可愛い、と呟いた鬼灯は、自分の花嫁が小夜である幸運ごと、彼女の体を抱きしめた。

「俺としたことがだいぶ弱腰だった。――火の神たれと願うならば、この焔が遍く人々を照らすことを目指さなければならない」

覆いかぶさる暗闇を、諦めずに照らし出す。それが焔の役目である。

鬼灯の右目に強い光が宿る。小夜の手を名残惜しそうに離した鬼灯の表情に、もう迷いはなかった。

「夜の神の御殿に向かう。だがその前に、白兎が教えてくれたフクロウの精霊とやらに話を聞こうじゃないか」

＊

夜も深まったころ、火蔵御殿の屋根に上がった小夜と鬼灯は、橙色(だいだいいろ)の明かりを灯した。

精霊はその明かりを目印に、音もなく舞い降りた。

夜闇を切り裂く白い翼が、丁寧に折りたたまれてゆくのを、小夜は不思議な気持ちで見つめていた。

あれほど大きな翼が、どうしてこんなに小さく収納できるのだろう。小夜の身の丈半分ほどしかない体には、あれほどの力強い飛翔(ひしょう)を可能にする翼が備わっているようには見えなかった。

「火の神様の花嫁様は、翼にご興味がおありで？」

少し掠れた女性の声がからかうように言う。

小夜は慌てて頭を下げた。

「ぶ、不躾に見入ってしまい、申し訳ございません……！」

「ほほほ、良いのですよ。わたくしもこの翼は気に入っていますの。夜に染まらぬ純白は美しいでしょう」

「はい、とても」

上機嫌なフクロウの精霊は、木蓮と名乗った。白兎から紹介された、夜の神に仕える精霊で、仕え始めてから既に百年は経っているという。

長命の精霊は、神に変化することも多い。だが木蓮は、神ではなく精霊として、夜の神に仕えたいのだそうだ。

「神だなんて責任感ばかり増して大変ったらありゃしない。だったら宮仕えの方が、いくらか気楽で良いでしょう？」

「まったくその通りだ」

「ま、火の神様からご賛同頂けるなんて。よっぽど大変なんですのねえ」

他人事のように笑う木蓮は、火蔵御殿の屋根に体を休めると、小夜の差し出した茶を小さな嘴で旨そうに飲んだ。

弱まっているとはいえ、火蔵御殿は呪われている。鳴海や扇のように何度か出入りしている猩々や神ならばともかく、初対面の精霊にとっては居心地の悪い場所だろうということで、こうして屋根の上での応対となった。

木蓮は特段気にする様子もなく、興味深そうに鬼灯を見やった。

「で、我が神の何をお知りになりたいのでしょう？」

「最近の夜霧の多さについて。それから――流花という巫について」

「あらあら。あの忌々しい事件ですわねえ。わたくしあの一件、ほんとうに腹に据えかねましたから、よく覚えています」

木蓮は身を乗り出し、憤懣やるかたないといった口ぶりで言った。

「不敬にも程がありますでしょう？　恐れ多くも神の寵愛を受けられるというのに、それを拒むどころか、神の『摂理』を奪ってその身を植物に変えてしまうなんて！」

「神の『摂理』を奪う？」

「『摂理』を分かりやすく言うなら、神がこの世界に規則を定めるための、白紙文書のことです。例えば、火の神様が『水の中でも火は燃える』という内容を『摂理』に書き込めば、それはその通りになるのです」

「ただし、それは自然の掟に逆らうことになるから、膨大な神気が必要になる。現実的な話じゃない」

「ええ、ええ、ですから『摂理』は大したことのない規則を決める時にしか使えない。『式典の時には桜吹雪を降らせる』というような、ね」

ねっとりとした口調で木蓮は続ける。

「それを流花という巫は、自分を植物に変化させる、という規則を書き込むために盗んだのです！　無礼千万、神に対する侮辱でございます！」

「で、でも、流花さんは先代の夜の神様のことが好きだったんですよね？　だから、悪いと分かっていてもそうするしかなかったのでは……」

「馬鹿をおっしゃい！　神から求められているのですよ？　それを拒む権利など巫にはありません」

きっぱりと言い切った木蓮は、どうやら当代夜の神に肩入れしているようだった。いや、流花という巫のことが好きではないだけかもしれない。

木蓮はどこか嬉しそうに、

「だからねえ、きっと罰が当たったんでしょうねえ。その『摂理』、呪われていたらしいですよ」

「呪われていた……!?　どういうことですか」

「夜の神様は、夜の闇を一手に引き受けておいでです。闇とは清冽なものではありますが、時折悪いものが混ざります。――澱みとでもいいましょうか。そういったものに侵され、呪われた『摂理』を使ったんです、あの巫は」

「そうすると、どうなるんですか……？」

「『摂理』は夜の神様が自由に解除できるものです。でもその呪いのせいで、夜の神様は『摂理』を解除できず、あの巫は永遠に、植物の姿に囚われ続けることになったのです！」

さも愉快そうに笑う木蓮の気持ちが分からず、小夜は呆然とフクロウの顔を見る。細められた目は、三日月のような形をしていた。

「ねえ、ですから、巫については自業自得なんです。おかわいそうなのは夜の神様ですよ。巫を巡って戦い、勝利したのに、その巫を得られないなんて。だから性格の一つも歪むんですよ。そもそも人の立ち入らぬ霊山の上で、ほとんど外に出ることもないと来たら、そりゃあねえ」

「あ、あの」

「だからね、夜霧が多少増えたとしても、あんまり気にしないでほしいんですよ。だって夜の神様は憐れな存在なんですもの。たった独りで鬱々と暗闇と水の中にしゃがみこんで、笑い声の一つも上げずに、仕事しかすることがないかわいそうなひと。夜霧は要するに、身の内に溜まった毒を放出している自然現象なんです。だったらそのくらいは許してくれなくちゃ、ねえ？」

何と返事をして良いか分からない。

木蓮の言葉はどこまでも丁寧で、けれどその奥底には、隠しようのない侮蔑が秘められている。

綺麗に飾られた料理が腐っていたときのような、そんな嫌な感じを覚えた。

「我が神もねえ、火の神様のように美しい顔なら、まだ良かったんでしょうけれど。そういう神様の方が仕え甲斐があるというか、やはり見目麗しい神が主であるというのは、従者にとっての誇りですわよねえ」

おもねるような笑みを浮かべる木蓮。と、その顔がはっと背後に向けられる。

そこにいたのは牡丹だった。ただし、いつもの使用人の姿ではなく、カラスの姿を取っている。

付喪神である彼女は、元は木彫りのカラスだ。けれどこうして、鳥の姿に変化することも可能で、しばしば出かけては情報収集という名の井戸端会議にいそしんでいる。

その牡丹が、木蓮に対する敵意を隠さず睨みつけている。

「ご老体に、夜の風は毒でしょう。そろそろお帰りになってはいかが？」

「あら！　付喪神風情がしゃしゃり出てくるなんて、火の神様は従者に対して寛大であらせられるのねえ」

「きっと小夜様の影響でしょうね。だからあなたのような下劣で腹黒な精霊が喋り散らかすのを許してしまわれるんです」

「——訂正なさい。今なら聞かなかったことにしてあげるわ」

牡丹は小首をかしげ、黒々と濡れた目で木蓮を見つめた。

「自らの主に忠誠を誓うならばいざ知らず、他人の前で憐れだと言って憚らないあなたが、下劣で腹黒以外の何なのか、教えて頂きたいもんですね？」

「小娘が。わたくしは百年以上を生きる精霊なのですよ、たかだか数年しか生きていない付喪神程度が知った風な口を利くんじゃない」

「あら、これは失礼。主である神を憐れんで下に見る精霊、なんてものが存在するなんて存じ上げなかったもので。——ねえ、そんなおかわいそうな神様に、どうして百年も仕えてるんです？　どうせ他に行き場がないからじゃないんですかあ？」

この言葉が木蓮の気分を逆なでしたらしい。白い翼を大きく広げ、威嚇するように嘴を突き出した。

牡丹は微動だにしない。

「っ、気分が悪いわ。帰ります。火の神様とやらのもてなしがどんなものだったか、ようく皆に言っておきますからね！」

「やっぱりご老体に夜風は毒だったんでしょう。さあさ、お帰りはこちらですよ！」

牡丹もまた漆黒の翼を広げ、木蓮を追い払うように激しく羽ばたいた。

憤然として飛び立ってゆく木蓮を、小夜はただ見送ることしかできなかった。

ふん、と鼻を鳴らした牡丹が、いつもの使用人の姿に戻る。

鬼灯が苦笑しながら、

「助かった、牡丹。言いたいことを全部言ってくれたな」

「当然です。鬼灯様ご自身が夜の神の従者に苦言を呈されたら、火の神様が夜の神様に喧嘩を売ったように見えてしまいますけれど、同等の立場である私が言う分には角が立ちませんからね。ああいや、角は思いっきり立ってるんですけど、最悪従者の躾がなってないってだけで、表だった争いにはなりませんから」

「牡丹はそんなことまで考えていたのね……。すごいわ」

「いやまあ、今のは後付けなんですけどね。こっそり盗み聞きするつもりだったんですけど、腹が立って仕方がなかったもので、飛び出しちゃいました」

けろっと言い放った牡丹は、小夜の手を励ますように握った。

「びっくりなさいましたでしょう、小夜様。神様とは崇め、敬うもの、という教育を受けてらっしゃったはずですから」

「そう、そうね……。夜の神様はあんな従者に囲まれてるのかしら？」

「うーん。一番の古株っぽい精霊があの態度じゃ、他の従者も推して知るべしって感じでしょう。あのフクロウ、従者の人事権とかも握ってそうですし」

木蓮は、口調こそ丁寧だったが、夜の神を侮っていることが言葉の端々から伝わってきた。

そんな従者に囲まれて、山の頂上で独り暮らすというのは、一体どんな気持ちがするのだろう。小夜には想像もできなかった。

「孤独は神にとって毒になる」

鬼灯が呟く。

「花嫁を迎えるのも、巫を置くのも、全ては神の形を保つためだ。それがなければ、定期的に人と関わって、自分の輪郭を掴み続けるしかない。――夜の神は恐らく、それができていないのだろう。だから夜霧を自分の意志で調整できなくなっているのかもしれない」

「周りにいらっしゃるのが木蓮さんのような従者の方ばかりだったら……。確かにそれは、寂しいと感じてしまいますね」

「同情はしない。だが、神が避けられない悲劇ではある」

神も万能ではない。優れた力を持つからこそ、その力に枠をはめ、神として定義する周りの目がなければ存在できないのだ。

「それより、空亡が小夜様にさせたかったこと、何となく分かって来たんじゃないですか？」

「ええ。呪われた『摂理』を清めさせたかった、ってことよね。そうすれば流花さんは、永遠に藤の木の状態から抜けられる。……でも、どうせ時間を遡るなら、夜の神との戦い前まで遡って、勝てるようにすればよかったんじゃないかしら」

鬼灯が静かに首を振る。

「恐らく対策されていたと思う。当代夜の神も、時間に関する術を使うことができるのだから」

「そうですか……。でも『摂理』さえ正しいものを使えれば、藤の木になった流花さんを、人間の姿に戻すことができる。空亡はそう考えたのですね」

「だから小夜をさらった。だが何の手違いか、五十年前に飛んでしまったために『摂理』に対して清めの力が働かなかった」

事態が摑めてきた。問題は、どう対応するかだ。

小夜は考え込むように目を細めていたが、

「……その『摂理』というのは、形があるものなのですか？　流花さんが持っているのでしょうか」

「いや、神の手元にあるはずだ」

「なら、それを直接清めることができれば、流花さんも元の姿に戻れるかも」

「確証がない。それに藤の木は俺も以前見たが、あれはもうほとんど枯れていた。今更清められたところで、人間に戻る力があるかどうか」

鬼灯の言葉は事実だった。五十年前の藤の木でさえも、ほとんど虫の息だったのだ。今更『摂理』を解いたところで、流花を取り戻せるかどうかは分からない。

だが、取り戻せる可能性がないとも限らない。だから空亡は小夜を昔の時代に送る賭けに出たのではないのか。

側で話を聞いていた牡丹が、

「夜霧の問題はどうします？　あの腹黒フクロウの言い分じゃ、自然現象だから許せ、くらいの感じでしたけど」

「許されるわけがない。実害が出ている以上、何らかの対策を取らなければ」

「んじゃ夜の神様の神殿に行って直談判（じかだんぱん）します？　火の神様直々に？」

「……こじれそうだな」

「私もそう思います。多分鬼灯様が全裸で向かっても向こうは警戒しますよ」

「全裸の男が神殿に来たら誰でも警戒するだろう。丸腰と言え、丸腰と」

そのやりとりを聞いていた小夜が、はっと目を見開いた。

「鬼灯様。それ全部、私が夜の神様の神殿に向かうことで、解決しませんか」

「なに？」

「火の神様が直接行くと向こうに警戒されてしまうなら、私が——花嫁が行けば、敵意がないことが分かって、話を聞いてくれるのではないでしょうか。それに神殿に入ることができれば『摂理』の場所も分かるかもしれません」

「……小夜。駄目だ。危険すぎて考えただけで手が震えたぞ」

「そうですよ！　……って言いたいところですけど、妙案じゃないです？」

「牡丹！」

鋭い叱責に顔色一つ変えず、牡丹は考え込むように顎に指をあてる。

「もちろん小夜様の御身を守るために、対策は必要ですが……。最も警戒されない方法かと」

「しかし」

「猩々の鳴海さんでも連れてきます？　もしくは扇様とか」

「駄目だ。不安すぎる」

それなら水の神、いや意外と春の神なんか、と言い合う鬼灯と牡丹。

二人のやり取りを聞いていた小夜の脳裏に、ある人物の顔が浮かんできた。

「鬼灯様、牡丹。……この方ならどうでしょう？」

＊

爽やかな風が吹き抜け、甘い薔薇の香りを届けてくれる。

細部まで手入れが施された庭では、思い思いにくつろいでいる客の姿が見えた。

その庭を一望できる、特別展望テラスという場所に、鬼灯と小夜はいた。

二人の前で優雅に紅茶を飲んでいるのは、ここ『百貨店ぐりざいゆ』の店主、鈴蘭だ。

今日は和装ではなく、シャツにスカートという洋装の出で立ちだ。胸元の大きなリボン結びが似合っている。

「……それで、火の神様が私に頼みたいことというのは」

「ああ。小夜を連れて夜の神の神殿に行って欲しい。行商か何かに偽装して」

「夜の神様といいますと、白乾山という霊山にお住まいの、あの神様ですわね？」

鈴蘭は難しそうな顔になった。

「まず私を受け入れて下さるかどうか。『店開きの宴』の招待状を送らせて頂いたのですが、お返事を頂けませんでしたもの。予想はしておりましたが、あまり下々の者とは関わらないようになさっているようですわね」

「招待状を送っていたのか。抜け目ないな」

「来て下さったら目玉になるでしょう？　でも宵町の商人たちにも聞いてみたのですが、夜の神様の神殿に伺って、品物をお見せしたことは今まで一度もないそうです。

夜の神様の従者が買い物に来たことも、本当に数える程度だとか。夜の神様はどうやって身の回りの物を揃えていらっしゃるんでしょうね？」

「巫がいるから、彼らが調えているのだとは思うが」

鈴蘭は砂糖を紅茶に入れると、小さな匙でくるくるとかき混ぜた。

かき混ぜながら、そうですわね、と呟く。

「……私のような新参者は、新たな販路を見出さなければなりません。宵町の皆様が今まで手を出してこなかった神様に売り込むというのは、悪くないご提案です。それに夜霧については私も困らされていますのよ。あのせいで夕暮れになると客足が遠のいてしまって」

「ならば」

「ですが、作戦が必要ですわ、鬼灯様。商品を持ってのこのこ行っても、門前払いを食らうのが見えております。岩戸を開けてもらうには、思わず覗いてみたくなるような、とびっきりの手土産を持って行かなくては」

鈴蘭の緋色の目がちらりと小夜を見た。

「例えば、小夜様のような」

「はい、それは私も思っておりました」

「まあ、お可愛らしいお顔で大した自信ですこと」

「あ、い、いえ、私が凄いというわけではなく！　火の神様の花嫁、という立場を上手く使えるのではないかと、思いまして……」

小夜は戸惑いながらも言葉を継いだ。

「鬼灯様が私を捜し回っていたということを、夜の神様はご存じではないかと思うのです。その捜し回っていた人間が現れれば、少しは興味を持って下さるかな、と」

「夜の神のことだ。空亡が術を使って小夜を過去に飛ばしたことを把握している可能性もあるな」

「はい、ですから私は興味を惹く存在だと思うのです」

微かに唇を噛みながら何事か考えていた鈴蘭は、組んでいた足をそっと揃えた。

「そのお話、乗らせて頂きます」

「助かる。費用はもちろん俺が持つ」

「いえ、費用は頂きません。その代わりと言っては何ですが、これから小夜様を我が百貨店の広告塔――いわゆるモデルに使わせて頂けないでしょうか」

「却下だ」

凄まじい速度で鬼灯が否を唱える。恐ろしい形相だが、鈴蘭は動揺する様子もない。

このままでは話がなかったことになってしまう、と焦った小夜は、

「お話を受けて頂けるのでしたら、私は構いません、鬼灯様」

「ばか、これ以上お前を衆目に晒してたまるか。ただでさえ目立っているというのに」

「なら一度だけでも。といいますのも、先日『店開きの宴』で小夜様がお召しになっていたお着物に、問い合わせが殺到しておりまして！　可憐な火の神の花嫁に少しでもあやかりたい、と考える女性はたくさんいるようですの」

「小夜が可憐なのは当然だ。当然の事実をこれ以上知らしめるつもりはない」

「ほ、鬼灯様……」

真顔でのろけられて、小夜は居場所がない。恥ずかしさに顔を伏せると、鈴蘭がくすくすと笑った。

「まあ、そう仰るだろうとは思いましたが。ですがこちらも夜の神様の神殿に乗り込むのです、危険が伴うのですよ？　鬼灯様のことですから、私に小夜様の護衛も頼むおつもりでしょう」

「妖狐の鈴蘭と言えば喧嘩無敗で有名だからな」

「えっ」

小夜は思わず目の前の上品な妖狐を見つめる。困ったように微笑んでいるところを見ると、とても喧嘩が強いとは思えない。

だが鈴蘭は鬼灯の言葉を否定しなかった。

「女性の過去をそうやっておからかいになるのは良くありませんわよ、鬼灯様。小夜様をお貸し頂けないのなら、この話はなかったことに」

「ぐ……」

「一度だけで良いんですのよ。小夜様は洋装も似合いそうですわ。おみ足が細くていらっしゃるから、スカートもヒールもきっと履きこなせます」

スカートやヒールがどういうものかは分からなかったが、鬼灯は知っているらしい。眉間にしわを寄せて葛藤している。

やり手の商売人である鈴蘭は、ここで一気に畳みかける。

「洋装は組み合わせが難しいと仰る方が多いですけれど、私なら素敵な格好に仕上げてみせましてよ」

「……」

「ふんわりとしたブラウスに、愛らしい小さな帽子を被った小夜様を、ご覧になりたくはありません？」

「……一度だけだぞ」

鬼灯の中で結論が出たらしい。鈴蘭は満面の笑みを浮かべ、いそいそと書面を準備し始めるのだった。

書面への署名をしている鬼灯を見つめながら、鈴蘭が尋ねた。

「小夜様は夜の神様が恐ろしくありませんの?」

「恐ろしい、ですか」

「はい。滅多にお姿を現さない方ですし、口さがない者たちは、最近の夜霧の濃さは、夜の神様が正気を失っているからだと言っています。愛しい旦那様の加護も、他の神の神殿ではどこまで及ぶか分かりません」

孤立無援になるのだ、と鈴蘭は言った。相変わらずの美しい微笑みのまま、淡々と事実のみを突き付けてくる。

「夜の神様が、火の神様の花嫁に対してどう出るか。無視されるか、追い払われるなら良い方です。もし興味を持たれ、かどわかされそうになったら——」

「その時はお断りして、逃げます」

「……逃げきれなかったら?」

「鬼灯様がきっと助けて下さると思うので、それまで時間を稼ぎます」

小夜は拳を握り締め、鈴蘭の目を見て言った。

「元々、夜の神様の神殿へ行きたいというのは、私の我がままなのです。私が勝手に助けたいと思うひとがいて、そのために無理を言っているのです。もちろん、夜霧のこともありますが」

「蛮勇ですこと」

「無茶を言っていることは分かっているんです。この選択を、鬼灯様が歓迎していないことも、理解しているつもりです」

「それでも、神殿へ行くのですか」

「行きます。……だってあのひとは、もしかしたら、私だったのかもしれないのですから」

　鬼灯が横目で小夜を窺う。鈴蘭は手慣れた様子で、三枚目の契約書を差し出す。

「鉄の神様の花嫁になりかけた時、私はたくさんの方のご厚意と幸運で、どうにか鬼灯様のところに帰って来ることができました。――でも、私が助けたいそのひとは、幸運に恵まれなかった私かもしれないのです」

「それが傲慢な考えかもしれない、とお思いになったことはありまして？　持てる者が持たざる者に憐憫（れんびん）を垂れ、手を差し伸べるなんて、まるで仏様にでもなったかのよう」

　揶揄するような鈴蘭の言葉は、不思議と気にならなかった。それは小夜も考えたことだからだ。

「はい。図々しいことだと思いました。でも、今あのひとと空亡を助けられるのは、私たちだけなのです。手を伸ばして届くのなら、私は頑張って手を伸ばしたい。皆が私にしてくれたように」

鬼灯はふと口元をほころばせた。小夜の頭をそっと撫でながら、鈴蘭に向けて笑って見せる。

「俺の妻は良い女だろう」

「まあ、共に夜の神様の神殿に乗り込む相手としては、及第点といったところですわね。鬼灯様の火力支援も期待していましてよ」

「小夜を丸腰で乗り込ませるわけないだろう」

「それを聞いて安心しましたわ」

八本の尾を優雅にひらめかせ、鈴蘭は鬼灯の署名が入った契約書を、丁寧にしまう。ついでに買い物を、と誘う鈴蘭を断り、鬼灯と小夜は百貨店を後にした。

手を繋いで宵町を歩きながら、夕飯の相談をしていると、鬼灯がふいにぽつりと呟いた。

「お前は成長したな、小夜」

「そうでしょうか。そうだと良いのですが」

小夜は不安そうに鬼灯の横顔を見上げる。言葉を促すように鬼灯が首をかしげると、小夜は絞り出すように、

「五十年前の鬼灯様が、記憶を捧げて私をこの時代に戻して下さったように。今の鬼灯様が、全身で私を大切にして下さるように。私も鬼灯様を、力いっぱい愛して、大

事にしたいと思っていて」

「うん」

「でも同時に、鬼灯様の横に並んでも、遜色がないような妻になりたいのです。そう思ったら、藤の木のひとや、空亡を放っておくことができなかった」

「それでいい。小夜、それで構わない。お前が自分の意見を貫き通そうとするのは、胸がすくような思いがする。嫁いできたばかりの頃のお前もひな鳥のようで可愛かったが、強くなろうとするお前も頼もしくて可愛い」

目を細める鬼灯だったが、その顔が微かに曇る。

「だが、正直なことを言うと、五十年前の俺に嫉妬している」

「な、なぜですか」

「お前がこうして強く言うようになったのは、五十年前から戻って来てからのことだからな。その変化のきっかけが、自分でないことが少し寂しい」

寂しい、と呟く鬼灯に、愛しさがきゅうっと込み上げてくる。偉大な火の神であり、その包容力でもって小夜を愛してくれる鬼灯が、何だか可愛く見えてしまう。

繋いだ手を強く握るだけでは足りなくて、腕に抱き着くと、鬼灯が嬉しそうに笑うのが分かった。

早く帰ろう、と耳元で囁かれ、小夜はこくこくと頷いた。

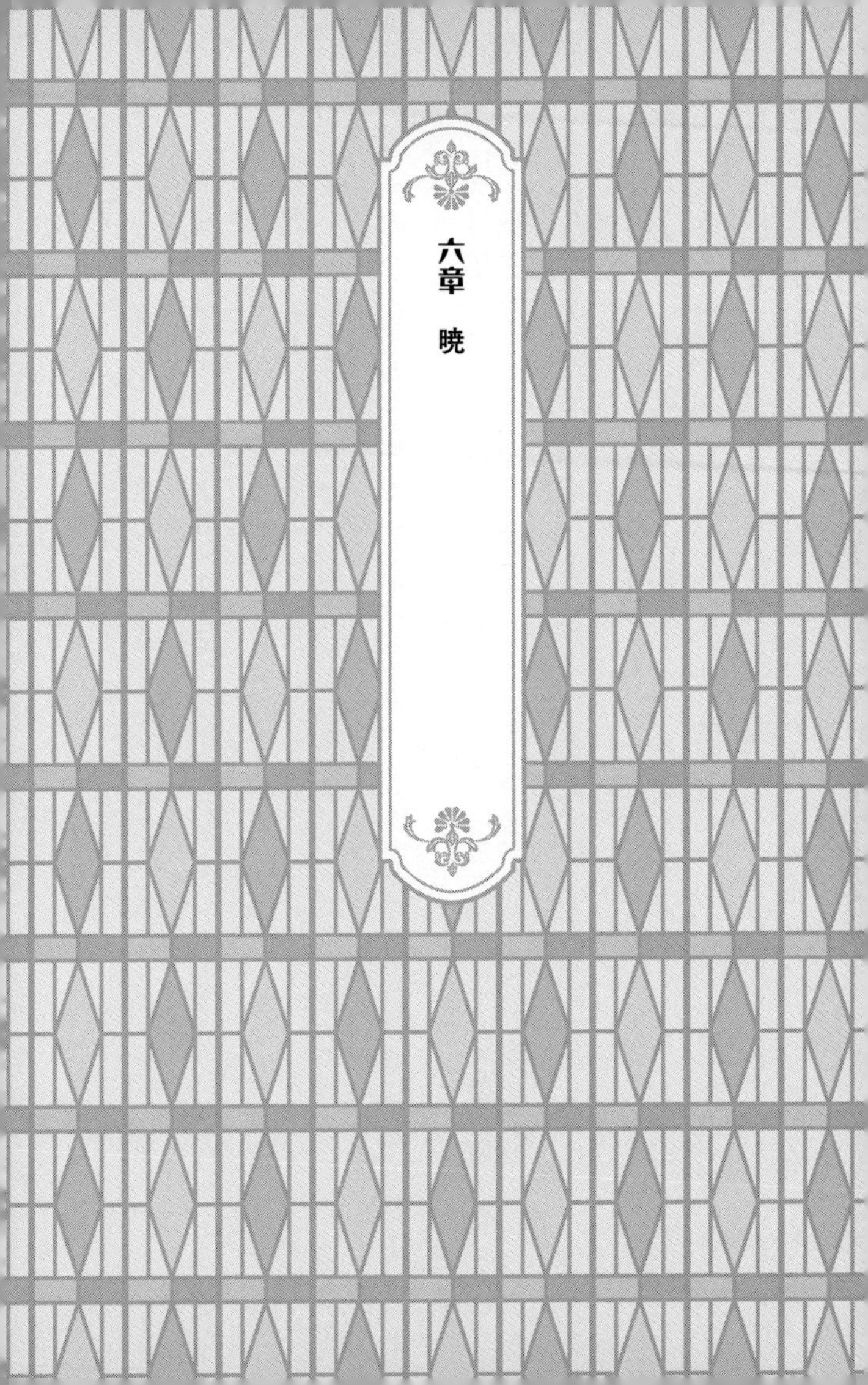

六章　暁

肩で息をしながら、空亡は洞窟の地面にへたりこんだ。

ほとんど気力だけで体を動かしているようなものだ。神気も記憶も、時間を遡る術につぎ込んだ身は空っぽに近い。

夜の神への憎しみ。流花への愛。

尽きぬように思われた二つの感情はすり減って、ただ使命感だけが空亡を突き動かしている。

目を閉じると、虫食い状態の記憶の中で、ひらひらと巫が舞っている姿が見える。顔を思い出そうとしても、なかなか思い出せなかった。ただ巫が自分に微笑みかけてくれている光景だけが、壊れたからくりのように、延々と繰り返される。

「るか」

舌の上で巫の名を転がすと、心が少しほぐれるような気がした。

だがもう、何をすれば良いのか、どこへ行けば良いのか、まともに考える余裕がない。夜の洞窟には、濃すぎる夜霧が音もなく忍び込んでおり、かつて夜の神だったはずの空亡の体を苛(さいな)んだ。

空亡は、世界に敗北したことを悟りながら、静かに目を閉じた。

＊

これから夜の神の神殿に行くという緊迫した空気の中、鬼灯と牡丹と鈴蘭が、小夜を中心にばちばちと火花を散らしていた。

口火を切ったのは牡丹だ。手にした薄桃色の着物を小夜に当てながら叫ぶ。

「やはりここは愛らしい桜色のお着物がよろしいかと。思いっきり花嫁感を出してゆくのです！」

「少女めいた格好は侮られますわ。ここは紫できりりと人妻感を出すのがよろしいのでは？　あるいは緑で爽やかにまとめても素敵です」

「いや、あまり綺麗に装うと、夜の神が変な気を起こしかねん。黒はどうだ？」

「喪服じゃないんですよ鬼灯様？」

「夜の色を身に着けて夜の神様の神殿に上がる、というのは少々、意味深すぎるかと」

もう何でも良いから早く決めてほしい。

朝早くに起きて、既に何度か着替えさせられている小夜は、申し訳ないと思いながらもげんなりしてしまうのだった。

軍配は流行に通じている鈴蘭に上がり、小夜は爽やかな薄緑色の着物に、濃い緑の帯を締めて向かうことになった。

その時の鬼灯と牡丹の悔しそうな顔といったら、鈴蘭でさえも尾をびくりと震わせるほどであった。

鈴蘭は馬車の後ろに大量の荷物を積み込んでいた。

衣類に宝飾品だけかと思いきや、家具の類(たぐい)も積み込ませているので、馬車五台分もの分量がある。

「こ、こんなに持って行くのですか……！」

「好みが分かりませんもの。最初のうちは色々お持ちして、あちらの様子を探らなければ」

目を爛々(らんらん)と輝かせている鈴蘭は、生粋の商売人だった。

夜の神の神殿がある霊山は、宵町からは馬車で半日ほどかかる。到着するのは昼過ぎになるだろう。

小夜は気合を入れて、馬車に乗り込んだ。

それを見送った鬼灯は、さて、と牡丹の方に向き直る。

「こちらは空亡に取りかかるか」

「承知しました。小夜様をさらった落とし前をつけてもらわないとですしね」

「それもあるが、藤の木に起こったことを正確に把握しているのは空亡だけだ。俺たちの今までの推論を確かめる必要がある」

「……何だか意外ですね、鬼灯様」

牡丹が面白そうに鬼灯の顔を覗き込む。

「小夜様を夜の神様の神殿に行かせたのもそうです。何だか今までの鬼灯様じゃないみたい」

「そうか？　今までの俺ならどうしていたと思うんだ？」

「ええと、小夜様が帰ってきたら即刻空亡を捜し出して、ぼこぼこにすると思ってました。夜霧のことは適当に自分の術で何とかして、お茶を濁すもんだとばかり」

「お前は俺を一体何だと……。まあ、否定はしない。小夜を神殿に行かせたことについては、特に」

「本当は行かせたくなかったんですか？」

鬼灯は言葉を探すように空中を睨む。

「基本的に、俺の目が届かない場所には行かせたくない。だが、それを言い出すときりがないだろう。小夜は鳥かごで飼われている鳥ではないのだ。彼女が行きたいところ、やりたいこと、目指したいものがあるのなら、それを応援してやるのが夫の務めではないか」

「……ちょっと無理なさってないですか？」

牡丹の言葉に、鬼灯は目を強く瞑って、唸るような声で言った。

「――本音を言うなら、怖い。小夜が危険な目にあうのはもちろん恐ろしいことだし、世界を知った小夜が、俺から離れて行くかもしれないと思うことも、怖い。でも俺がずっと小夜を火蔵御殿に閉じ込めておくよりは良いだろう」

火の神が素直に口にした恐怖心を、牡丹は面白そうに聞いている。

「閉じ込めても、小夜様は案外嫌がらないいんじゃないですか。あ、念の為に言っておきますが、私は猛反対しますからね」

「お前はそうだろうよ。小夜が嫌がらなかったとしても、それは俺と石戸家しか知らないからだ。世の中にはもっと良い場所があると知らないのだろう」

「それは少し小夜様を侮りすぎかと」

牡丹はそう言い切って、横目で鬼灯を睨む。

「小夜様はそこまで世間知らずな方ではありませんし、お義理で鬼灯様と一緒にいるわけではありませんよ。鬼灯様のことが好きだから、鬼灯様のずっと閉じ込めておきたいという気持ちを受け入れて下さるんじゃないか、と私は言ってるんです」

「それは……そうだな。すまない、小夜の気持ちを疑うようなことを言った」

「ほんとですよ。っていうか『他にもっと良い場所があったとしても関係ねえ、それ以上の最高の場所を俺が用意してやるぜ、小夜』くらい言ったってばちは当たらないと思いますよ」

火の神にここまで言えるのも牡丹くらいのものだろう。鬼灯も、牡丹が小夜のことを一番に考えていると分かっているから、彼女の言葉を受け入れることができる。

「にしても、小夜様がいつか離れて行ってしまうかもなんて思いながら、小夜様の自由にさせてあげたいだなんて。苛烈で知られた火の神様のお言葉とは思えないくらいですね」

「俺も臆病者になったものだな」

「あら、それは違いますよ、鬼灯様」

きっぱりと否定した牡丹は、笑いながら教えてやった。

「いつか離れて行ってしまうと分かっていても、送り出すこと。縛らずに解き放ってやること。それは、愛というのです」

「ほう。牡丹にしては、良いことを言うじゃないか」

「小夜様のお母様の受け売りですけどね。それでもまた自分の所に帰ってきて欲しいという祈りも含めて、愛なのだと、お母様は仰っていましたよ」

「祈りか」

「神様が祈るなんて、おかしいですけどね。でも一度解き放ってしまえば、後は祈ることしかできないでしょう？」

「その通りだ。さすがは小夜の御母堂だな」

「ちょっ、そこは私を褒めるとこじゃないんですか？」

足を速めてすたすたと歩いてゆく鬼灯に追いすがる牡丹。喉の奥でくつくつと笑った鬼灯は、だが、と顔だけで振り返る。

「祈るだけでは芸がない。ひとまずは小夜が無事に夜の神の神殿から戻って来られるように、せいぜい手を尽くそうじゃないか？」

＊

到着する頃は既にお昼近いというのに、白乾山の頂上には靄がかかっており、なかなか全貌が窺えなかった。

それでも、威容を誇る門構えと、その向こうに広がる敷地の広さは伝わってくる。馬車を止めて、現れた精霊に訪問を告げると、彼は怪訝そうな顔をして中に引っ込んでいった。

「訪問を受け入れて下さるでしょうか」

「神のみぞ知る、ですわね。今のは洒落ですので笑って下さって構いませんのよ」

「はっ、はは……は？」

鈴蘭との会話を楽しみながらしばらく待っていると、一人の少女が現れた。

おかっぱ頭の巫女姿。まだ十五歳くらいに見えるが、聡明な眼差しをしている。

「お待たせ致しました。……あの、持ってきた荷物の中に、西洋の肘掛け椅子はありますか」

「五脚ほどございますわ」

「良かった。我が神は最近、そちらの椅子の方が楽なようですから。どうぞ馬車ごと、中へお入り下さい」

奈々と名乗った少女と共に、馬車を引き連れてぞろぞろと門の中に入る。

まず出迎えたのは、玉砂利に岩が配置された巨大な庭――枯山水だった。

ただしかなり広大だ。真ん中に敷かれた道が狭く、ゆっくり走っているとは言え、なかなか母屋にたどり着かなかった。

母屋は寝殿造りになっていたが、全てに御簾がかかっており、奥の様子はまるで見えない。

「あら、火の神様の花嫁様」

粘ついた口調が上から降ってくる。見上げればそこには、先日話を聞いたフクロウの精霊、木蓮の姿があった。

「まあまあ、こんな所までいらしたの？　あんな無礼な従者を雇っているようだし、変わった趣味をお持ちなのねえ」

「こんにちは。先日はどうもありがとうございました。用事がございますので、失礼致します」

小夜の丁寧な挨拶に、木蓮は鼻で笑って答えなかった。

それを聞いた鈴蘭が、まあ、と小さく声を上げた。

「神の花嫁にあの態度とは。無礼な従者はどなたか分かったものではありませんわね」

靴を脱いで廊下に上がる。品物は後で運び込むため、ひとまず鈴蘭と小夜だけが、広間に通された。

「ここも御簾が下がっていますのね。せっかく素敵な風景なのに見られないのはもったいないですわ」

「そのせいでしょうか、神気が充満していて……とても寒いです」

「確かに。換気すれば少しは暖かくなりそうなものを」

しばらく待って後、先程の巫、奈々が静かにやってきた。

「我が神がお見えになります」

小夜は静かに頭を垂れ、鈴蘭も同じようにした。

やがて衣擦れの音と共に、凄まじい神気が広間に入って来るのが分かった。指先が痛くなるほどの冷気が、床板を伝って小夜たちを襲う。

「顔を上げよ」

重々しい声は、どこか霞（かす）みがかったように遠く聞こえる。

小夜と鈴蘭が顔を上げると、顔を布で覆い隠した直衣（のうし）姿の男神が立っていた。長く、床まで届くほどの黒髪をしている。

かなり距離が離れているので、あまりよく見えなかったが、全身から滲み出る神気の凄まじさが、夜の神そのひとであることを物語っていた。

「……それが、火の神の花嫁か。人間の小娘が少し行方知れずとなった程度で、山をひっくり返さんばかりに捜しておったが、無様なものじゃ」

「溺愛なさっているんですのよ」

「犬猫のように、な」

好意などかけらもないその言葉を聞いても、小夜は怯（ひる）まなかった。

鈴蘭はにっこりと微笑みながら、

「その花嫁様が、我が『百貨店ぐりざいゆ』のモデルを務めて下さることになりましたのよ。今日はそのお披露目ですの。ご婦人用の着物でも洋装でも着こなして頂く予定ですので、ご入用の際は是非ご用命下さいまし」

「この屋敷のどこに、女物が入る余地がある？」

「あら、そちらにおいでの巫に着せて、お楽しみになればよろしいではありませんか」

そう言うと、夜の神は喉の奥でごろごろと痰が絡むような笑い声をあげた。

「我は火の神のように、巫をいたずらに飾ったりはせぬ。金襴緞子は夜闇に不要。どうせ何も見えぬのだから」

「夜の神様は質実剛健であらせられる。ご安心なさって、我が百貨店が扱っておりますのは、着物や装飾品だけではございませんの。珍味甘味の食料品から家具に骨董品、お屋敷の修繕までご用命頂けましてよ」

「不要じゃ」

「畏れながら、我が神」

奈々が静かな声で言う。

「家具はいくらか調達が必要です。北の間と東の間に不足しております」

「ずかずかと我が神殿に押しかける女狐から買うつもりはない」

「でしたら品物だけ見て頂いて、お気に召した品がありましたら工房をご紹介いたしますわ。そちらでお求めになれば、我が懐には一銭も入りません」

完璧な笑顔の鈴蘭だが、口元が微かにひきつるのを小夜は見た。

ここで夜の神に品物を見せられなければ、これからの作戦が困難になる——鈴蘭はそれをよく分かっているのだ。

夜の神はしばらく考え込んでいたが、ややあって命じた。

「では家具だけ見せろ」

「かしこまりました！　さあさ我が従者たち、品物を運び入れなさい！」

すると馬車に控えていた狐の精霊たちが一斉に飛び出した。

小夜の身の丈半分にも満たない小さな狐たちが、えっさほいさと家具を運び込んでゆく。

広間はあっという間に、凄まじい量の調度品と狐の群れに占拠された。

「小夜様、今です」

「はいっ……！」

小夜の代役を務める狐の精霊に耳打ちされ、小夜はこっそり廊下に出る。

振り返ると、小夜が座っていた場所には、小夜と全く同じ姿形をした精霊が、澄ました顔で座っていた。

これなら小夜の不在も、当分は分からないだろう。

小夜は、扇からもらった、姿を見えにくくする術符を使って、廊下の端の方を静かに進んだ。

鬼灯の術符を使わないのは、この神殿で火の神の術を用いればすぐに分かってしまうからだ。

きっとそれは、闇夜に煌々と輝く松明のように目立つことだろう。

「『摂理』を捜さなければ」

神殿は迷路のように廊下が入り組んでいる上に、御簾や几帳があちこちに置かれて、見通しが悪い。

小夜が通り過ぎた瞬間、御簾の端がほんの僅か揺らいだ。そこから、部屋の中に見事な鏡や、置物が置かれているのが見えた。

実に立派な調度品だ。けれど、蝶の耳に届く声は——。

「……呆れている。退屈している。こんなところに収まっていたくないと言っているのね」

どうやらこの屋敷の物たちは、主たる夜の神に良い印象を抱いていないようだ。せっかくの逸品をこうしてしまいこんでしまっては、不服の声が上がるのも無理ないことである。

小夜は耳を澄ましながら、慎重に廊下を進んだ。神のおわす建物は、見た目と内部の広さが違うので、きっとこの廊下も延々と続いているのだろう。

しばらく進んだ所で、小夜の耳に飛び込んでくる声があった。

それは持ち主を案ずる声だった。この無味乾燥とした神殿の中で、唯一のぬくもりある声だった。

小夜は無礼を承知で、御簾をくぐって中に足を踏み入れる。

そこは小さな板の間で、鏡台と茵（しとね）があるだけだった。微かに柔らかな女の匂いがする。

小夜は部屋をぐるりと見回し、鏡台の上に漆塗りの櫛があるのを見つけた。

「声の主はあなたね？」

櫛の持ち主はどうやら巫のようだ。先程案内してくれた、奈々という巫だろうか。

櫛は主が心配だと言った。

「心配するのも無理ないことだわ。私たちの計画が、奈々さんにご迷惑をかけないことを祈るしかないけれど」

だが櫛は、違う、と言った。

「心配なのは――夜の神様？」

蝶の耳で聞いたところによると、この櫛は夜の神から奈々に下賜されたものだということだった。

奈々は毎夜この櫛で髪を梳きながら、夜の神が心配だとこぼしていたのだそうだ。

「どんどん神気が冷たくなっていて、夜霧も多く出てしまっているのを、夜の神自身が気づいていない……。そう奈々さんは仰ったのね」

小夜は少し考えてから、櫛に尋ねた。

「ねえ、もっと奈々さんのことを教えて。それからこの屋敷の奥、夜の神様が生活している場所が知りたいの」

＊

牡丹にはああ言ったものの、実際のところ、鬼灯の性根（しょうね）はさほど変わっていない。

小夜を――愛してやまない大切な花嫁を、自分の都合で五十年前に飛ばされたことの落とし前は、きちんとつけてもらうつもりだった。

だからこうして、空亡の前に立っている。

とある山奥の、獣さえ寄りつかぬ湿った洞窟の中に、空亡はいた。

暗がりの中でうずくまったまま、じっと息をひそめている。もうほとんど動けないのだろう。

捜すのはそう難しくなかった。瀕死の獣の血の跡を追うようなものだった。

空亡は立ち上がり鬼灯を攻撃しようとしたが、ぎろりと睨まれてたじろいだ。戦えば一瞬で片がつくと分かれば、抵抗するだけ無駄なことだ。空亡はため息とともに両手をだらりと下ろした。

「小夜と自分を五十年も時間移動させ、それからこの時代に戻って来たんだ。消耗するのも無理はない」

「……火の神、か。眩しいな」

自分の手さえ見えない暗闇の中でも、鬼灯の金色の目はよく目立った。

「片目を眼帯で隠してなお、こうも眩く映るか……。ふはっ、全く、ぎらぎらとうっとうしい」

「俺は、お前などここで野垂れ死ねば良いと思っている。小夜を一時(いっとき)でも俺から奪っておいて、安らかに死ぬ幸福があると思うな」

「何だ、死に体の俺にわざわざそんなことを言いに来たのか？　随分暇なんだなァ、火の神ってのは」

「口だけは元気だな」

嘆息した鬼灯は、空亡の前に膝をつき、目線を合わせた。

「だが小夜は、お前と藤の木を助けたいと言っている」

「は……！　今更何を言っている。五十年前にできなかったことが、今できるはずがない」

「小夜は今、夜の神の神殿にいる。藤の木を縛る『摂理』そのものを清めるために」

空亡の落ちくぼんだ目が大きく見開かれた。余計な肉がないせいで、眼球の形がくっきりと浮かび上がっている。

「なぜ、そんな愚かな真似を」

「藤の木とお前を救うためだ。ああ、言っておくが、次に我が妻を愚かと言ったら、その片目を焼くからな」

鬼灯が指先に呼んだ青い焰は、蛇が鎌首をもたげて獲物を狙うがごとく、空亡の前で揺らめいた。

「お前は夜の神に敗れ、流花という巫を奪われた。だが流花はお前を愛していた、だから『摂理』を盗んで、藤の木へと姿を変じた」

「――夜の神は、藤の匂いが嫌いだからな。それに木になってしまえば、奪うべき貞操もなくなるだろう」

「だがその『摂理』は呪われていて、流花は藤の木から元に戻れなくなってしまった」

「ああ、そうだ」

絞り出すような声は地獄から轟くようだった。憤怒と憎しみが、空亡の空っぽだった身の内を一瞬だけ満たす。

「あの男は、知っていて『摂理』を盗ませた。流花の苦しむ姿を見てあいつは笑ったんだ！　愛していると言ったその舌の根も乾かぬうちに！」

「趣味の悪い男だ」

「……っ、だが、理解はできる。夜の神とは孤独だ。冷たく広い神殿で、暗闇を供として生きる他ないのだ」

その静けさと冷たさは、海の底に似ている。訪れる者の少ない僻地で、ただ独り夜を統べる、その心はじわじわと孤独に蝕まれてゆく。

「俺の心は冷え切っていた。その心を温めてくれたのが、流花だ。彼女の微笑み、彼女の手、彼女の言葉だった……」

鬼灯は眉根を寄せた。まるで自分の言葉を聞いているようだと思った。

そうか、と鬼灯が呟く。

「お前は、小夜を見つけられなかった、俺なのか」

「ただ一人の巫のために時間移動の術を使い、神気をすり減らし、歩行さえままならぬほど消耗した俺はさぞや愚かに見えるだろう。それでいい、流花がくれたものの価値を知っているのは、この俺だけなのだからな」

どこか得意げに言った空亡は、疲れたように洞窟の壁に頭を預けた。

「俺とて分かっている。流花の命は風前の灯火だ。『摂理』を今更清めたところでどうにもならん。五十年前では不十分だった」

「本当はどのくらい前まで遡るつもりだったんだ」

「七十年前。流花が『摂理』を盗む前、そこで『摂理』を清めさせれば、流花は藤の木から戻れたはずだった」

「なぜそうしなかった」

「邪魔が入った」

吐き捨てるように言った空亡は、乱暴な仕草で胸元を開いた。

そこにはどす黒い血を滲ませた傷痕が刻まれていた。獣の爪で抉られたような痕だ。

「これは夜の神との戦いでつけられた傷だ。この傷のせいで、俺と夜の神は繋がってしまっている」

「そんなことがあり得るのか」

「神の座争いで負けた者は、死ぬか降伏するか、いずれかを選ばされる。俺はどちらも選ばなかったから、中途半端な状態になっているんだろうよ」

「つまり夜の神は、傷を通じてお前を妨害したというわけか」

「ああ。だから七十年前には遡れなかった。ついでに言うなら、お前が花嫁に仕込んだ火の神の加護も、大いに俺の邪魔をしてくれたよ」

「それは朗報。だがお前の術を完璧に防げなかったということは、まだまだ改良が必要そうだな」

鬼灯は目を細めて空亡の傷痕を見つめていたが、にやりと口の端を吊り上げた。

「と言うことはつまり、お前のその傷は、今の夜の神と繋がっているのだな？」

「そうだが……。お前、何を考えている」

「妻だけを夜の神の神殿に行かせ、後方で手を拱いて待っているなど、夫の面目が立たん！　俺が行けば夜の神と正式に敵対することになる？　知ったことか」

こらえ性のない火の神は、何やら術を編み始める。

空亡はそれを目を細めて見ていたが、くはっとため息のような笑い声を漏らした。

「ああ、照らしてやれ。あの陰気臭い神殿を、お前の焔で」

＊

踏み出したつま先が濡れて、小夜は慌てて足を引いた。

「水……？」

板張りの廊下が途切れ、この先は洞窟になっているようだ。ここで夜の神は暮らしているのだろうか。

冷たい水の中に足首まで浸して、小夜は前へと進む。

暗くて冷たい空気が洞窟を満たしている。壁が薄らと蛍のように光っているのは、岩に含まれた成分のせいだろうか。

それでも足元さえおぼつかない暗闇が、重苦しく小夜の肩にのしかかってくる。

聞こえるのは自分の吐息と、水を跳ね散らかしながら進む自分の足音だけ。

他に生きている者の気配はない。従者も、巫も、きっと入ったことがないのだろう。

蝶の耳でも、何も聞こえなかった。

ここにあるのは、他者を拒む孤独だ。

「夜を統べる神様は、こんな寂しさの中で暮らさなければならないの……？」

だとしたら辛いことだ。心が蝕まれるのも無理はない。

小夜はひたすら前へと進む。だが、どこへ向かっているのか分からない。

振り返っても真っ暗で、先へ進んでも真っ暗だ。方向感覚を失った小夜は、くらりと眩暈（めまい）を覚えてしゃがみこんだ。

着物の裾から冷たい水が染み込んでくる。だんだん歯の根が合わなくなってきた。

寒さと暗闇。そして孤独が、毒のように心身を蝕んでゆく。

考える力が奪われ、前を向こうとする心がしぼんでしまう。

全身から抜けてゆく力を取り戻すように、小夜は呟いた。

「鬼灯様」

胸元を強く押さえた。そこには、五十年前の鬼灯の、送られなかった恋文が納められている。

「……大丈夫。鬼灯様がいるんだもの。私は独りじゃない」

お守りのように呟いた言葉が、凜と暗闇に響いた。

小夜は立ち上がり、再び歩き始める。

「そろそろ私がいないことが分かってしまっている頃よね。あまり長く騙せるものではないと鈴蘭様も仰っていたし、急がなければ」

のろのろ歩くから寒さが応えるのだ。小夜は小走りに進むことにした。

水は跳ねるが、良い運動になって、体が温まった。心なしか壁の光が前より強くなった気がする。

分かれ道に差し掛かったが、光が強い方を選んで進んだ。すると、水が少しだけぬるくなったような気がした。

それに勢いを得て、小夜は意気揚々と進んでゆく。

暗闇はもう、先程のように重たくはなかった。

やがて小夜は、ぽっかりと開けた場所に出る。

広い空間の天井部分には穴が開いており、僅かだが日の光が差しこんでいた。

穴のすぐ下は陸地になっており、そこには一本の木が佇んでいる。

「あれは……藤の木かしら」

小夜は陸地に上がった。紫色の花が静かに咲き誇っている。

僅かな日の光と風を受けて揺れている様は、この神殿の中で初めて見る生命の美しさだった。

だが、木の後ろに回ると、全く別の側面が見えてくる。

「これは、短剣？」

木の幹に、錆びついた鉄剣が深々と突き刺さっていたのだ。

しかもその短剣からは、腐敗臭のようなものが漂っており、そのせいで木の幹が随分変色してしまっているのが分かった。

近くで見ると、藤の花もほとんどしおれて色が抜けてしまっている。

触れるのも躊躇われるような剣だったが、小夜はそれを両手で摑んだ。

「痛っ！」

手のひらに焼けるような痛みが走る。だが、小夜が触れたところから、少しずつ短剣が清められてゆくのが分かった。

清めることができるのであれば、痛みなどに怯んでいる場合ではない。

「五十年前は何もできなかったけれど……この短剣は、抜ける！」

あの時の自分の不甲斐なさを思い出しながら、全体重をかけて短剣を引き抜いた。

ずるり、と呆気なく抜けた短剣は、小夜の手をすり抜けて地面に落ちると、そのまま水の中に滑り落ちて行った。

手のひらが赤く火傷したように痛んだが、小夜は気にせず、藤の木の幹にそっと触れた。額を押し当て、清めの力を使おうとする。

けれど、枯れて腐ってしまった幹に、清めの力は通じなかった。

小夜は藤の木の周りを歩きながら、何か自分にできることはないかと探した。

好きな人と添い遂げたくて、藤の木になることを選んだ巫、流花。それは、鉄の神にさらわれ、鬼灯のもとから引き離された小夜の、もしもの姿だ。

だからどうにか助けたかった。思いを遂げさせてやりたかった。共にありたいと願うのならば、それを叶えてやりたかった。

けれど、遅すぎた。

『摂理』は長年藤の木を苛み続けていた。藤の木にはほとんど力が残っておらず、『摂理』を取り除いても、苦しみの源が消え去るだけのことだった。

いくら高度な治療を施しても、血が流れすぎては助からないのと同じことだ。

「……助けると言ったからには、あなたを人間に戻して、空亡と一緒にいさせてあげたいと思っていたのだけれど」

己の無力さを思い知る。結局のところ、清めの力があったところで、誰かを救えるわけではないのだ。

鈴蘭の言う通り、助けたいというのは傲慢な行為だったのかもしれない、と小夜は唇をきつく噛み締める。

瀕死の藤の木に触れても、ほんの微かな生の気配しか感じ取れない。『摂理』を抜くのが遅すぎたのだ。

せめて少しでも楽になれば、と小夜は何度も木の幹を撫でる。

『……ありがとう』

「えっ？」

声が聞こえて顔を上げると、藤の木に寄りかかるようにして、一人の巫が立っていた。

藤の木に磔にされていた娘だ。だがその長い髪はもう藤の木に絡まっておらず、微風に揺れている。

「流花さん……？」

『もともと、ながくはなかった。じかんがたちすぎていたから。でも、ここでおわるのはいやだった。さいごはあのひととすごしたいとおもっていた。かなわないとわかっていても』

流花は微笑んで藤の木から離れる。はしゃぐような笑い声が上がった。

『でもかなった。わたしははなれられた！　やっとあのひとのところへいけるのよ！』

童女のような笑い声と共に、流花は姿を消した。

その姿を捜して視線を彷徨(さまよ)わせる小夜の目に、咲き誇る藤の花が飛び込んでくる。

刹那、満開の藤の花は、息を呑むほど美しかった。

「流花さん」

小夜がそう囁くのとほぼ同時に、藤の花がさあっと散ってゆく。風もないのに、花弁がふわりと宙に舞い、枝を残して飛び立って行った。

藤の木は、その生命を終えた。

その壮絶な散り様に、小夜が身動きできずにいると。

「『摂理』を抜いたか」

地鳴りのような声がし、小夜は慌てて振り返った。

そこには夜の神が立っていた。足や衣服を水に濡らすことなく、泰然と佇んでいる。

だがその身からは、隠しようもない怒気が、神気と共に発散されていた。

「鼠のように我が神殿をうろついているかと思えば、小癪な真似をしよって。忌々しい小娘が！」

咆哮が痛いほどに肌を震わせる。小夜はごくりと唾を飲み込み、じりじりと後ずさった。

夜の神が手加減などしてくれないだろうことは分かっている。

だから、全速力で駆けだした。

「はは、逃げるか。良い、獲物をなぶるのもまた狩りの楽しみだ！」

裾をからげて逃げ出す小夜を、夜の神は哄笑しながら追いかける。

本気を出せばすぐに追いつけるのに、逃げる小夜の姿を見て楽しんでいるのが分かった。

「誰も彼も愚かな者ばかりじゃ。貴重な神気を使って、お前のような小娘を五十年前に送るなどという愚行に出た空亡。我が愛を拒み『摂理』を使って藤の木に変化し、戻れないと嘆く愚かな巫。我は喜劇を見たいなどと口にしたことは一度もないぞ」

洞窟に嘲笑が響き渡る。それは反響して、どこまでもいつまでも聞こえてくるようだった。

「特に惨めだったのは空亡じゃな。お前を七十年前に飛ばすつもりだったのだろうが、我が妨害してやったのよ。あの時の空亡の顔、絶望にまみれた表情ときたら、近年稀に見る見世物じゃった」

「……空亡は必死でした。必死に藤の木を取り戻そうとしていました」

小夜をさらったこと自体は褒められたことではないし、謝ってほしいと思う時もある。

けれど、無事に帰ることができた今だからこそ、空亡のことを考えることができる。

空亡は藤の木を元に戻したい一心で全てを行ったのだ。みっともなく怒鳴り、わめき、神気を浪費して時間を遡った。

それだけ藤の木を愛していた。

小夜は足を止め、振り返って叫んだ。

「全身全霊で藤の木を愛した空亡を笑う資格が、あなたにはあるのでしょうか！」

「何ィ……？」

「高みから笑っているだけだったあなたは、何をなさったのですか？　藤の木が苦しんでいるのをただ見ていただけでしょう。あの『摂理』は、あなたなら抜くことができたのに！」

「どこまでも愚かな小娘じゃ。我を誰と心得る」

夜の神の顔を隠す布が、ふわりとめくれ上がった。

刀傷のある口元が、笑みとも怒りともつかぬ形で歪んでいる。日の光を知らない透き通った肌には、幾筋もの静脈が透けて見えた。

「我に逆らう者をなぜ赦（ゆる）す？　なぜ楽にする？　我の愛を拒んだ以上は永遠に苦しむのが筋であろう！　我は夜の神、空亡よりその座を勝ち取りし正統な神なれば」

足元を覆っていた水が、どろりと粘り気を帯び始めた。

慌てて足を引き抜こうとするが、上手くいかない。まるで水あめのように絡みついてくる。

闇が形を取ったかのような水が、どんどん小夜の体を這（は）い上がってくる。

「無論、お前も赦すわけにはゆかぬ。勝手にあの巫を楽にさせおって。死にかけとは言え、あともう数年は生き地獄を見せてやれたのに、ああ口惜しや」

夜の神の手元に黒い剣が現れる。

逃げようともがく小夜だが、水が下半身を拘束しているため、満足に動くことができない。

懐には、扇や鬼灯が用意してくれた護符がある。

だが。

「ああ、火の神の加護はここでは効かぬぞ。女を斬る喜びを邪魔されるわけにはいかないからなァ？」

「……ッ」

斬られる。

そう思った小夜が目を強く閉じ、身構えた瞬間、聞き慣れた声が響いた。

「――ほう？　ならば、火の神本人が相手なら、どうだ」

夜の神の背後で、ごうっと焔が燃え上がる。

「ぐあっ……！」

夜の神が背中をかばうように身を屈める。焔はいよいよ大きくなり、人の形を取り始めた。

焔を背負って現れたのは、当代火の神。絢爛を誇る隻眼の鬼灯であった。

慌てて身に帯びていた剣を構える夜の神だが、暗闇に慣れた目に、その光は眩しすぎた。

「貴様、どうやってここに現れた!?」

「驚くなよ。お前が空亡にしたのと同じことをしただけだ」

「……まさか、あれが我につけた傷を媒介に、結界を破ったというのか」

「ご賢察」

鬼灯は手のひらに浮かべた焔で、小夜の拘束を解いた。そのまま強く抱き寄せ、小夜の髪の匂いを吸い込む。

「無事でよかった」

「鬼灯様……！」

眩しくて、直視できないはずの鬼灯を、夜の神は必死の形相で睨みつけている。

ここで目を閉じて怯む様を見せるのは、闇を統べる者の矜持(きょうじ)が許さなかった。

だが、ぎらぎらと光る火の神と、寄り添う花嫁の姿は、いやが上にも自らの欠乏を意識させる。

自分に足りないものを見せつけられる。

「忌々しい、忌々しい忌々しい忌々しい！　なにゆえ上手くいかぬ、なにゆえ引き裂くことができぬのか！　人と神の愛なぞ、吹けば飛ぶような脆(もろ)いものじゃろう！」

「お前が言う吹けば飛ぶような脆いものに、俺たち神は生かされている。形を与えられている。それが分からないのか」

「分かるわけがない。我にはそもそも、そんなものは与えられなかったのだから」

夜の神は自嘲的な笑みを浮かべる。

「夜の神の神殿は、暗闇と静寂が支配する。そんなところに長居したい巫や精霊がいるものか！　いたとしてもそれは、この我と同じく、どこかがねじくれた者ばかりよ」

「だが空亡は巫を愛し、巫は空亡を愛した。やり方こそ間違っていたが、空亡は愛した女を諦めなかった」

鬼灯は目を伏せ、静かに告げた。

「空亡は死んだ。時間移動の術が負担だったんだろう」

「そうか！　はっ、感謝するぞ火の神よ。今日という忌々しい日に、たった一つだけ喜ばしい記憶ができたわ！」

「死ぬ瞬間、藤の木が迎えに来た」

げらげらと笑っていた夜の神が、ひゅっと息を吸ったまま沈黙した。

「いや、藤の木ではない。流花という名の巫だ。人の姿に戻った彼女は、嬉しそうに空亡に抱き着いて、そのまま消えて行った。空亡と共に」

「……共に、か？」

「ああ。だからお前の勝ちだ。死ぬまで二人を離れ離れにし、苦しめることに成功したのだからな」

勝利の誉れを得たというのに、夜の神は少しも喜ばなかった。

どきりとするほど感情のない声で、

「我は勝利した。だがそれは、言い換えれば、置いていかれたということじゃろう？」

「そうだ」

「ああ、ああ……。結局、いつも、我は独りか」

　ぽつりと呟いたその言葉があまりにもか細くて、小夜は思わず口を開いていた。

「独りではありません。奈々さんがいます」

「……ああ、あの出来の悪い巫か」

「出来が悪いと仰いますが、まだここへ来て一年も経っていないのでしょう？　長い寿命を持つ神様なのですから、大目に見て下さい」

「はっ、図々しいことを言う」

「それに、夜の神様は奈々さんに、櫛を下賜されましたでしょう？」

　夜の神の指先がぴくりと動いた。

　布で隠れて分からないが、なぜそれを知っているのか、という疑問を抱いていることが感じられる。

「私は蝶の耳を持っています。櫛が言いたいことが分かるのです。……あの櫛は、奈々さんが身の回りの物を何も持っていないから、それをかわいそうに思って贈ったものなんですよね？　ちなみに奈々さんは身の回りの物を持っていましたが、木蓮さんに取り上げられてしまったせいで、何も持っていなかったのだそうです」

「あの性悪フクロウ、ろくなことしないな」

　鬼灯がぽつりと呟くのには構わず、小夜は続ける。夜の神は返事をしなかったが、続きを聞きたがっていることが分かったからだ。

「奈々さんはあの櫛を大事にされていて、毎晩それで髪を梳いています。その時にいつも、夜の神様の心配をされているのだそうです」

「我の心配だと？」

「お体のあちこちが痛いのではないか、と心配されていました。夜の神様はそれを表情に出さないから分かりにくいけれど、起きる時や立ち上がる時がいつも辛そうだと」

「……べらべらとよう喋る娘じゃ。神を心配？　人間の分際でおこがましい！」

「でもきっと、夜の神様は、ソファ……西洋の肘掛け椅子に座るときは、体がお楽になるんですよね。奈々さんはそれに気づいていました。私と鈴蘭さんが来た時、西洋の肘掛け椅子はありますか、と聞かれましたから」

　ほう、と鬼灯が感心したような声を上げた。

「良い観察眼だな。得難い巫だぞ。まあ小夜ほどではなさそうだが」

「黙れ。それきりの言葉で、我を懐柔できると思うなよ」

「でも奈々さんが、夜の神様を慕い、心配しているのは事実です。その気持ちは、お金や神気では手に入れられないものだと思うのです」

「まるで我が手に入れられぬものがある、とでも言いたげな口ぶりだな。無礼さもそこまで行くといっそ愉快になってくるわ」

夜の神は時に嘲笑を浮かべ、時に怒りを露わにし、小夜の言葉を聞き入れようとしなかった。

それを見た鬼灯が居住まいを正し、夜の神に向き直る。

「我らにお前を貶める意思は毛頭ないが、お前の目がその巫の価値に気づかないほど曇っているのならば、火の神としての仕事をせねばなるまい」

「何?」

火の神の手のひらに焔が灯る。渦を巻いて顕現する焔は、周囲を照らすためのものとは明らかに輝きが違っていた。

鬼灯の眼帯の上にも橙色の火が躍り出す。封じられた力が一時、鬼灯の手に返ってくる。

「我が焔はものみな全て焼き尽くす破滅の印。——なれど、業火の役割は破壊のみにあらず」

「清めの焔……!」

小夜が思わず呟くと、鬼灯が少し得意そうに笑った。

「お師匠様直伝だ。上手くできるか分からんが」

「お手伝いさせて下さい」

強い清めの力は、火の神自身も蝕む。

その事実を思い出して、小夜は鬼灯の焔にそっと触れる。危惧した熱さは感じられず、ただ心地好い鬼灯の気配が指先から流れ込んでくる。

焔の色が変わった。沈みゆく太陽のような、煮えたぎる橙色をしていたのが、より澄んで温かみのある黄色へ。

夜の神は顔を上げ、顔を隠す布越しにその焔を見た。

それは彼が見ることのない色――否、見る必要がないとされてきた色だった。

「暁の色じゃ」

一日の穢れを祓い、新たな一日の訪れを宣言する色。

それが洞窟を駆け抜け、夜の神の神殿中に満ちてゆくのが分かった。

全てを灰燼（かいじん）に帰す灼熱（しゃくねつ）ではなく、温もりのみを与える焔が、夜の神の身にこびりついた穢れを祓い落としていった。

何度か瞬きをして後、夜の神は震える声で呟く。

「我が神殿に澱みし穢れを、一瞬で清めてしまうとは……！　神と巫が、これだけのことをなし得るのか」

「まあ俺と小夜の場合は、能力の相性が良いということもあるが」

残滓をひらめかせながら手元に戻って来る焔を確認すると、鬼灯は告げた。

「宵町から、夜霧が多くて困っているという連絡を受けていた。恐らくはこの神殿中に溜まっていた澱みのせいだろう」

「ああ、夜霧か。そうか、そうだな」

「闇を統べる者であるあなたにとって、闇が生む澱みは避け得ぬもの。それは異界の住人も理解している」

だが、と鬼灯は厳しい口調で言った。

「それを己で制御できないのであれば、誰かに助けを求めるなり、自ら穢れを祓うなりして欲しい。我らは神だ。神たる矜持を持って生きねばならぬ」

「……はっ。天照大神様の鏡を盗んだ揚げ句、呪われてしまうような出来の悪い神に、神の何たるかを説かれるとは、世も末じゃ」

そして夜の神は、長いため息をついた。

「しかし、お前の言うこともまた事実。我は神としての任を忘れかけていたようじゃ。思い出させてくれたことには礼を言う、だが」

ぎろりと小夜を睨みつける夜の神。

「この恩は、妙な女狐と共に我が神殿に押しかけた無礼で帳消しじゃ。我は他の神のように、お前たち夫婦におもねることはないぞ」

「も、申し訳ございませんでした……！」

深く頭を下げて謝罪する小夜を一瞥（いちべつ）し、夜の神は静かに去っていった。

その背を見送った鬼灯は、まだ頭を下げたままの小夜の背中を優しく叩く。

「帰ろう。鈴蘭も引き揚げ時を見計らっているに違いない」

「はい。……あの、鬼灯様。お体は大丈夫ですか」

金剛の弱った体を思い出し、小夜は恐る恐る尋ねた。

鬼灯は安心させるように微笑んだ。

「大丈夫だ。お前の清めの力のおかげで、さほど痛みは感じなかった」

「さほど、ということは、少しは痛みを感じられたのですか」

泣き出しそうな小夜の頭を、鬼灯は静かに撫でる。

「代償のない力はない。神とはそういうものだよ」

小夜は周囲を見回す。この神殿の穢れを全て清めてみせた鬼灯の力は、およそ人間では想像もつかないほど強大だ。強い力を行使するものは、その対価を支払わなければならないのだろう。

「そんな顔をするな。俺は小夜と初めて一緒に術を使うことができて嬉しいぞ？　お前の清めの力は見て分かっていたつもりだったが、実際にこの身で体感するのはまた違うな」

少しおどけた様子で言う鬼灯は、小夜に手を差し伸べる。二人は手を繋いで歩き出した。

「空亡と流花さんが共に逝ったというのは、本当ですか」

「ああ。藤の木は本当に嬉しそうな顔をしていた」

「そうですか。でも、助けると言っておきながら、結局最後の瞬間しか、一緒にいさせてあげられなかったのが少し悔しいです」

沈んだ顔をする小夜の頬を撫で、鬼灯は言った。

「その瞬間だけを見て憐れむのはそれこそ傲慢だ。きっと空亡にとって、あの一瞬は、永遠にも等しいものだっただろうよ」

洞窟内で虫の息だった空亡の前に、精霊のように降り立った巫の娘。

何物にも縛られていない娘は嬉しそうに笑っていた。

巫を見た瞬間、空亡の痩せこけた顔には希望の光が宿り、骨と皮だけになった体は喜びに震えた。

きっと夜の神に敗北した時から、空亡には余生しか残されていなかったのだろう。敗れた神とはそういうものだ。

辛かっただろう余生の最後に、あんな顔ができるのならば、きっと空亡は幸せだった。

そう説明する鬼灯の言葉に頷きながらも、小夜は納得できずにいる。

「私は、最後の一瞬だけなんて嫌です。ずっと鬼灯様と一緒にいたい。そのためなら何だってできます」

「そうか」

「信じていらっしゃらないでしょう、鬼灯様」

優しく尋ねられ、鬼灯は一瞬言葉に詰まる。

「お前の言葉を疑っているわけではない。ただ、お前がどんどん力をつけて、世界に飛び出していこうとするならば、お前を俺の横に縛り付けておきたくないのだよ。お前を愛しているなら、お前を俺だけの物にして良いのだろうかと思うんだ」

「お母様も同じようなことを仰っていましたが……。あっ、牡丹から聞かれたんですね？」

「ああ。縛らずに解き放ってやることも愛だと言っていた。良い言葉だな」

すると小夜がくすっと笑った。

「その言葉には続きがあるんですよ。――飛び出して行く方は、戻って来られる場所があると思うから、好きなだけ自由に飛び回ることができるんです」

「戻って来られる場所」

「もし私が、世界に飛び出そうとしているように見えるのなら、それは必ず大好きな鬼灯様の所に戻って来られると確信しているから、なんですよ」

はにかむ小夜を、鬼灯は黙って抱きしめた。

改めて腕の中の存在を愛おしく思う。どれだけ好きかを伝えたいのに、言葉で表現するには物足りない。

「……帰ろう。お前の帰る所に」

「はい。牡丹も待っていますからね」

小夜は鬼灯の頰に両手を添えて、触れるだけの口づけをした。

＊

空亡は己の目が信じられなかった。

目の前にいるのは流花だ。彼の愛した巫。彼を愛してくれた娘。

「流花」

「空亡様」

流花は微笑んだ。その頰にえくぼができて、少しだけ幼い印象を与える。凜とした立ち姿や、話すときの理知的な様子からは想像のできない、愛らしい笑顔を見、空亡は思わず手を伸ばそうとして、やめた。

骨と皮だけになった手を、流花はどう思うだろう。神気もなく、ぼろをまとった自分のことなど疎ましく思うかもしれない。

けれど流花は構わずに空亡の体を抱きしめた。思わず抱きしめ返す自分の手が、かつて夜の神だった頃のものに戻っていることに気づき、空亡は少し驚く。

「空亡様ったら、よその巫に迷惑をかけてはだめじゃありませんか」

たしなめるような口調に、空亡は口元をほころばせる。

「そうだな。お前を安らかにしてやりたくて、どうかしていた」

「でも、それだけ私を思っていて下さったのですよね。うれしい」

「ああ。お前は、うれしいと言ってくれるのか。敗北して惨めな俺の思いを」

流花は体を離し、悲しそうに笑った。

「私の好きなお方を、そんな風に仰らないでくださいな」

「それは……すまない」

「私、あなたと会えて本当に良かった。あなたに愛してもらえて、あなたを愛することができて、本当に幸せでした」

空亡は胸が詰まって、何も言えなくなった。流花を抱く腕に力をこめる。自分も同じ気持ちなのだと伝わるように、強く。

その手が、いやそもそも流花の体が、光の粒にほどけてゆく。金の砂のようにこぼれ、空中にひらりと舞ってゆく。

終わりが近いのだ、と空亡は悟る。つかの間の夢が終わろうとしているのを感じ、最期に尋ねる。

「お前、どうして藤の木に姿を変えたんだ」

「まあ、覚えていらっしゃらないの？」

流花の体が光にほどけ、声も匂いも、肌の手触りも遠くかすむ。

空亡は目を閉じた。共に行くことができる喜びに身を浸しながら、その言葉を聞く。

――だって私たちが初めて出会ったのは、藤の木の下だったでしょう？

巫の言葉はぱちんと弾け、後には何も残らない。

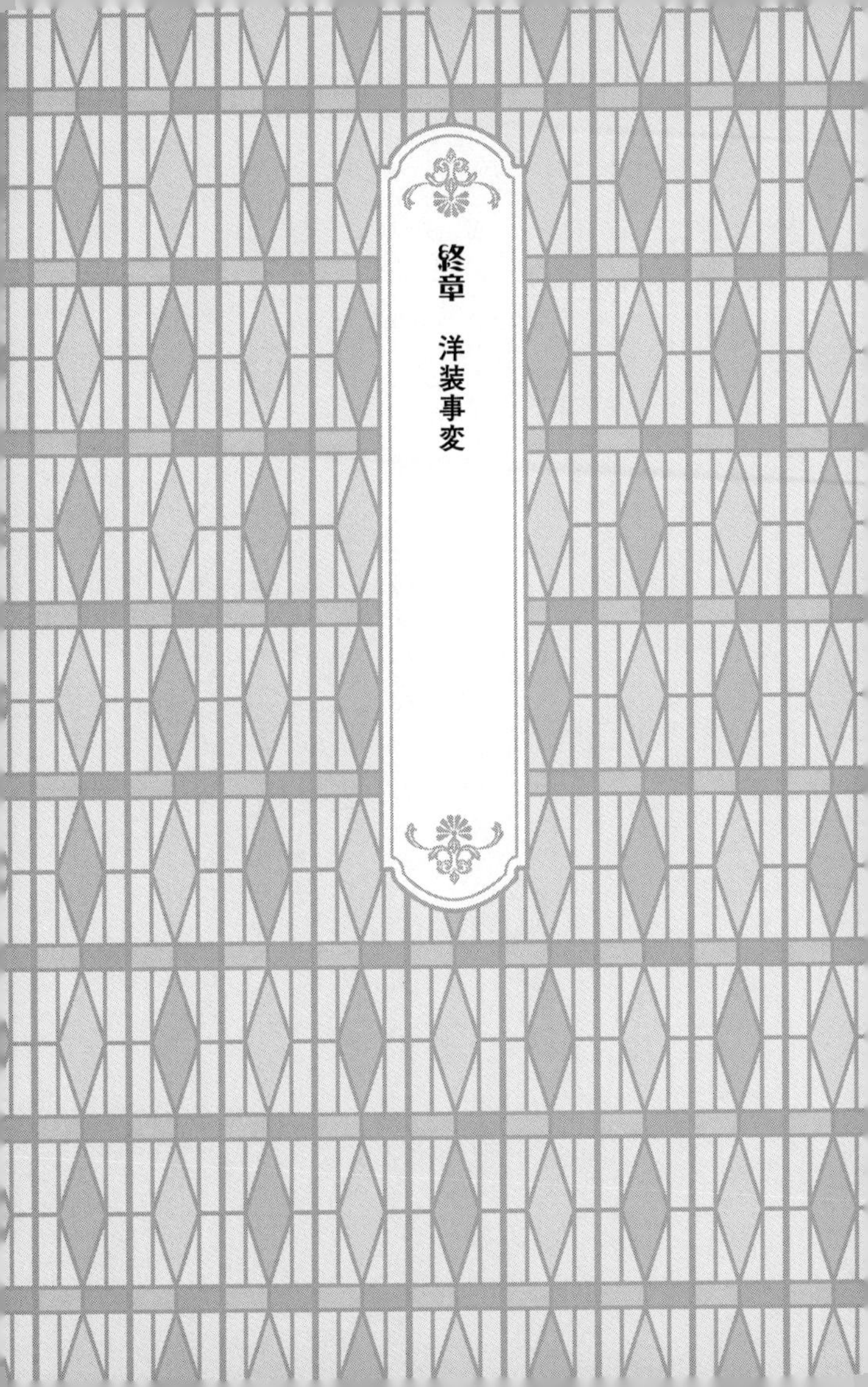

終章　洋装事変

奈々は夜の神の様子を注意深く観察しながら、細い腕に着物を通した。

今日はどこにも痛みはないようだ。ならば朝餉も通常のもので良いだろうと思いながら、帯を締め、鏡を手にした。夜の神が自分の姿を確認して頷く。

廊下に立った従者が、御簾越しに呼びかける。影からして木蓮だろうか。

「夜の神様。本日は東の間の整理をすると伺っておりますが、少々人手不足でして。また後日に行いたいと思いますわ」

奈々は心の中でやれやれとため息をつく。主である夜の神が、東の間を整理すると言っているのだから、何を措いても人手を確保するのが木蓮ら従者の役目だろうに。

幸いにして、東の間はそこまで広くない。奈々が一人で頑張れば、半分くらいは片づけることができるだろう。神殿のことを顧みてこなかった夜の神が、せっかく整理しようという気持ちでいるのだから、全力で手伝うつもりだった。

夜の神は御簾の方に顔を向けると、淡々と言った。

「本日の予定は十日ほど前に申し伝えたはず。人手が足りないということは許されない。ただちに手配せよ」

「は……ですが、それほど急いで東の間を片づけて、何になりますか？　呼ぶ客人がいるわけでもないでしょうし」

「新しく従者を雇い入れるために、そこの間を面接の場として使う予定じゃ」

「そんなことは聞いておりませんが」

「当然じゃ。お前は今日を以て、この神殿から出て行くのだから」

「はあ？」

夜の神はさっと立ち上がると、御簾を開き、唖然とした顔をしている木蓮を見下ろした。その目には微かな怒りが滲んでいる。

「分からぬか？　我の従者としての任を解く。ただちに荷物をまとめ、神殿を出よ。その際は、奈々から没収した身の回りの品を全て彼女に返せ」

「な……い、意味が分かりません！　わたくしはもう百年以上も昔から夜の神様にお仕えしている忠臣でしてよ、わたくしをここから追い出すなんてありえない！」

「神の言葉に逆らうか」

ぞっとするような覇気を含んだ声に、木蓮がびくりと翼を震わせる。何か言いたそうに嘴を開いたが、夜の神はひと睨みで黙らせた。

「後悔しますわよ。こんな場所に来たがる従者なんて、いないんですからね！」

そう捨て台詞を吐いて、木蓮は慌ただしく飛び去って行った。

思いもかけない展開に、奈々は驚きながらも、おずおずと尋ねた。

「あの、我が神。全ての従者を入れ替えるご予定なのでしょうか」

「例外を除いてそのつもりだ。我が神殿にもそろそろ新しい風を入れるべき頃だろう」

奈々はがっかりした。夜の寒さや水の冷たさにもようやく慣れてきて、仕事が楽しいと思い始めていたのに、職を失うだなんて。

「あの、では、今日中に私も荷物をまとめた方が良いのでしょうか」

「奈々。お前はその例外じゃ」

「えっ？」

「お前の仕事は、まだまだ未熟だが――巫としては悪くない」

奈々はしばらく、与えられた言葉を呑み込めないような顔をしていたが、やがてぱあっと顔を輝かせた。

「つまり、まだお側にいさせて頂いても良いということでしょうか」

「他にどんな意味がある」

「あ、ありがとうございます、我が神！　私、張り切って東の間を掃除して参ります！」

「その前に我の支度があるだろう。こちらが先だ、粗忽(そこつ)ものめ」

「はいっ、申し訳ございません！」

　奈々は嬉しそうに夜の神に装飾品を纏わせてゆく。その様子を見、夜の神はぽつりと呟いた。

「我に仕えるのが、それほど嬉しいか。夜霧と闇に満ちたこの神殿で働くことが、それほど楽しいか」

「はい、とても。夜は良いものです。見なくて良いものを優しく隠してくれます。ここなら私は、自分の顔の醜さを見られることもありません。……とても安心できるのです」

「安心？」

「はい。夜に守られているような気がします」

　答えながら奈々は、腕飾りをどうしようかと考える。普段なら翡翠の腕輪をはめるところだが、今日は従者の一新という出来事もあったし、違うものにしようかと装飾品を納めた螺鈿の箱を覗き込む。

　だから、夜の神がはっとしたような顔で奈々を見つめていることに気づかなかった。

「……夜闇は、弱き者の姿を敵から隠す盾でもあり、幼き者を守る揺籃(ようらん)でもある。昼間は顔を伏せている者でも、暗闇の中であれば、堂々と歩むこともできよう。ああ、そうだ、我にはその役割があったのだ」

思い出した、と呟いた夜の神は、差し出された珊瑚(さんご)の腕輪に呆然としたまま手を通す。濃い赤色は火の神の清めの焔を思い起こさせ、思わずじっと見つめる。

その様子を不興と取ったか、奈々は不安そうに尋ねた。

「お気に召しませんか」

「……いや」

巫はその存在によって、神を神たらしめる。

ならば、夜の神に大切なことを思い出させた奈々という娘は、当代随一の巫だろう。誰が何と言おうとも。

夜の神はふっと笑みを浮かべると、不安そうにこちらを見上げてくる巫の頭を、ぎこちない手で撫でた。

「これで良い。大儀である」

今日はきっと、いつもとは違う夜になる。

そんな予感を抱きながら、夜の神はさっと裾を翻し、東の間に足を向けた。

＊

どこかうきうきした様子の牡丹が、カーテンの向こうに声をかける。

「小夜様？　いかがでしょう、もうお召し替えは済みました？」

「牡丹……」

『百貨店ぐりざいゆ』の個室、鈴蘭と牡丹が見守る中、小夜は一人洋装への着替えを済ませていた。

全ては鈴蘭との約束のためだ。『百貨店ぐりざいゆ』のモデルとして、一度だけ表舞台に立つ——その条件で、鈴蘭は夜の神の神殿に向かってくれたのだから。

ここで約束を反故にするのはいけない。

いけないと、分かっているのだけれど——。

「ど、ど、どうしてこんなに足が出るのかしら!?　こんなに出してはいけないと思うのだけれど……！」

「そういうものですよ、小夜様。それにそのスカートは、そこまで足は露出しない方らしいですよ」

失礼、と牡丹がカーテンを無情にも開け放つ。

洋装の小夜は、いつになく体の線を露わにしており、牡丹と鈴蘭に新鮮な印象を与えた。

身に纏っているのは、大きなリボンが胸元についたブラウスに、薄手の、足に纏わりつくような赤いスカート。

スカートは膝の下までの長さなのだが、それでもふくらはぎと足首が丸見えになってしまう。薄手のレースの靴下と、踵のあるエナメルの靴が小夜によく似合っていた。

「まああまあ！　なんてお美しいんでしょう、小夜様！」

「見えすぎじゃない？　しかもこのスカート……足の形が見えてしまって、何だか」

「セクシーですわね」

鈴蘭が口にしたセクシーという言葉の意味はよく分からなかったが、小夜はとにかく恥ずかしくて、カーテンの後ろに逃げ込んだ。

「恥ずかしがる小夜様……ほんと、いつ見ても良いですね……！」

と、牡丹が主人の愛くるしい姿を噛み締めていると、個室の扉が静かに叩かれた。

入ってきたのは鬼灯だ。その姿をちらりと見た小夜は、声にならない悲鳴を上げる。

「洋装は慣れんな」

濃紺で細身のスーツを身に纏った鬼灯は、手に帽子を持っている。

胸元には小さな蝶ネクタイをつけており、いつもの着物や作務衣姿とはがらりと違った雰囲気だ。

それに、何より。

格好が良いのである。

流行はラッパズボンという少し大きめのズボンなのだそうだが、鈴蘭はあえて細身の、足の形が分かりやすいズボンを選んだ。

それが鬼灯のすらりと長い足を引き立てており、思わず何度も見てしまう。

牡丹もまた口をあんぐりと開けて叫ぶ。

「鬼灯様、足長すぎ！　その辺の山とかひと跨ぎじゃないですか!?」

「俺はダイダラボッチか」

鬼灯は嫌そうに顔をしかめ、鈴蘭に愚痴をこぼした。

「俺も見世物になる気はなかったのだが」

「あら、夜の神様の神殿で大立ち回りを演じた私に、報酬を弾んで下さるというお話でしたわよ」

夜の神の神殿で、小夜がこっそり広間から抜け出したあと。

鈴蘭は口八丁手八丁で商談を長引かせ、夜の神におべんちゃらを使い、全身全霊で時間を稼いだ。

だが途中で小夜の不在に気づいた夜の神に兵士たちを呼ばれ、今すぐに荷物をまとめて出て行けと言われたのだ。

「あの時は小夜様が無事であるという確証がなかったですし、小夜様を無傷で連れ帰るところまでが、私の仕事でしたから。兵士の方々には申し訳ないですが、喧嘩無敗の鈴蘭をほんの少しだけお披露目しましたの」

「それ、すっごく見たかったです……！　やっぱり私もついて行けば良かった。あの頭にくる木蓮とかいうフクロウに、蹴り入れてやりたかったですし」

悔しそうに言う牡丹の横で、鈴蘭は泰然と笑っている。

つまり鬼灯の洋装は、夜の神の神殿で奮闘した鈴蘭に対する、追加報酬なのだった。

「それにご夫婦で洋装、なんて素敵じゃありませんこと？　美男美女ですからさぞや場に映えますでしょうね。これは男性用の衣装も仕入れを増やさねばなりません。腕が鳴りますわ」

「ところで小夜の方はどうなんだ」

カーテンの陰に隠れた小夜に、鬼灯はずずいと近づいてゆく。

だめです、とか細い声で小夜が制止するのも構わず、愛妻の洋装を早く見たい一心で、カーテンの内側に入り込んでくる。

小夜はとっさにしゃがみこんだ。まさか自分のみっともない足を見られるわけにはゆかない。

「何だ、俺には見せてくれないのか。可愛い、似合ってるぞ、だから立っているところを見せてくれ」

「こ、これ、足が……出ちゃってますから、その……」

「だから見たいんじゃないか」

力強く言った鬼灯は小夜の前に屈みこみ、目線を合わせる。

恥ずかしさのあまり少し涙目になっている小夜を見つめながら、

「髪型も変えたんだな。編み込みが可愛い」

「化粧もいつもと違うな。紅が濃いのも、お前の唇の小ささが分かって良い」

「そのブラウス、腕が薄く透けて見えるのがとても良い。凄く良い。最高に可愛い」

と、褒め言葉の雨を降らせてゆく。

しゃがみこんでいるせいで逃げ場がない小夜は、うう、と唸りながら後ずさる。

鬼灯はそんな小夜の両手をぱっと取って、

「ほら、足がしびれてしまうだろう。せえので一緒に立とう」

「鬼灯様……。わ、笑わないで下さいね？　嫌いになるのもいやですよ？」

「ならんならん」

背後で牡丹も、苦笑しながら首を振っている。その程度で愛が消えるような単純な男なら、牡丹とて苦労していないのだ。

鬼灯と小夜は目を合わせて頷くと、調子を合わせて一緒に立ち上がった。

洋装の小夜の全身を見た鬼灯は、一瞬沈黙した後、叫んだ。

「可愛いな!?」

「でしょう!?　もー小夜様ってばおみ足が見えちゃうだなんて仰いますけどそれが良

いんですよ！　子鹿みたいな華奢な足が！　スカートからちらちら見えるのが！　最高！」

「牡丹、なぜお前が俺より熱く語る……？　とにかく、凄く似合っているぞ、小夜」

そう言った後、鬼灯は唐突に顔をしかめた。

小夜をぎゅっと抱き寄せてから、鈴蘭の方を振り向いて、

「やはりモデルの話はなかったことに。小夜が可愛すぎてよからぬことを考える輩が増えることが今確定した」

「残念ながら、既に契約書に署名を頂いてしまっていますのよねえ。今更約束を違えるなんて紳士らしからぬ真似、鬼灯様はなさらないでしょう？」

「いやでもこれは見せたらだめだろう。何というか……だめだろう」

改めて小夜の姿を見る。

いつもは着物で隠されている華奢な体の線が、洋装だと露わになっている。腕の細さも、腰の細さも、顔の小ささも、全てが強調されているのだ。

小夜が気にしている足の露出だが、白くすんなりとしたふくらはぎと、細く締まった足首はまさに子鹿のようで、思わず齧りつきたくなるほどだ。

足を出すような格好をしている女性は、宵町でも時折見かける。

髪を短く切り、颯爽と歩く様は自信に満ち溢れており、新しい時代を感じさせたも

のだ。

だが、小夜は流行の最先端の格好をしておきながら、ちっともそれが板についていない。似合っているのだが、態度が伴っていないのだ。

鬼灯は、だが、そこが良いと心底思う。

趣味が悪いことは、認める。

「あまり往生際の悪いことを仰らないで。一回は必ずモデルになって頂くというのがお約束だったはずですよ。夜の神様の神殿に向かうなんて、無茶も良いところだったのですから」

「だが新たな顧客開拓にはなったのだろう？　時々夜の神から発注が来ると聞くぞ」

鈴蘭はにんまりと笑った。

「それはもう。あちらの神殿は、今まで家内のことに気を配っていなかったようなのですが、最近その方針を変えられたようで。様々なご注文を頂いておりますよ」

「夜の神様の神殿と言えば、これは聞いた話ですけど！」

牡丹がいそいそと割り込んでくる。

「最近、従者を一新したそうですよ。今までの従者は、巫一人を除いて全員お役御免。あの木蓮とかいう腹黒精霊も失業ですって！　下品で申し訳ないのですが、あえて言わせて頂きます。ざまあみろ、と！」

心底嬉しそうに笑って言う牡丹は、

「今は新しい従者の選定に取り掛かっているとか。給料がわりと高いらしくて、宵町の中でも結構話題になってますよ」

と、井戸端会議で収集してきた情報を披露して見せたのだった。

鬼灯の傍らに立っていた小夜が、小さな声で呟く。

「一人だけ残った巫の方は、奈々さんでしょうか」

「恐らくそうだろう。そうか、今までの、全てを閉ざす態度は止めにしたんだな」

それが良いと鬼灯は思う。そうすることで、新しい風があの神殿に吹き抜けると良い。

と、鬼灯は先程から、小夜と目が合わないことに気づいた。

胸に抱き込んだ愛妻の目を覗き込めば、ぱっと逸らされる。

「どうした。緊張しているのか？」

「いえ、その……」

「具合でも悪いのか。いつもと違う格好だからな、どこか苦しいのか」

「ち、違うのです。……その、ですね。鬼灯様が格好好くて……どこを見たらいいか、迷ってしまうのです」

ぽつ、ぽつりと言葉を紡ぐ小夜の耳は、真っ赤だった。

鬼灯はもうたまらなくなって、再び小夜を腕の中に閉じ込める。

「こんなに可愛らしいものを衆目に晒したら何かの法律に抵触しないか？　風紀を乱すことにならないか？」

「なりませんのでご安心下さいませ。鬼灯様が愛妻家でいらっしゃるのはよく分かりましたが、そろそろお披露目の時間です。屋上庭園へご移動頂けますか」

鈴蘭は店主の顔でてきぱきと場を仕切る。

もう断る余地はなさそうだ。鬼灯は腹を括って、可愛らしい小夜を観衆に見せてやることに決めた。

寛大さも火の神の大切な要素だと、今更ながらに思い出したので。

「さあ、小夜。行こう。大丈夫だ、俺が一緒にいる」

小夜の両手を励ますように握ると、小夜が微かに顔を上げた。

その唇が柔らかく笑みを作る。花開くような微笑みが、鬼灯の胸をきゅうと締め付ける。

「はい、参りましょう、鬼灯様」

―本書のプロフィール―

本書は書き下ろしです。

小学館文庫

火の神さまの掃除人ですが、いつの間にか花嫁として溺愛されています
藤の花と夜の神

著者　浅木伊都

二〇二三年九月十一日　初版第一刷発行

発行人　石川和男
発行所　株式会社 小学館
〒一〇一-八〇〇一
東京都千代田区一ツ橋二-三-一
電話　編集〇三-三二三〇-五六一六
販売〇三-五二八一-三五五五
印刷所――中央精版印刷株式会社

この文庫の詳しい内容はインターネットで24時間ご覧になれます。
小学館公式ホームページ　https://www.shogakukan.co.jp

ISBN978-4-09-407295-2

火の神さまの掃除人ですが、いつの間にか花嫁として溺愛されています

浅木伊都

イラスト　SNC

売り飛ばされた娘・小夜。
醜くて恐ろしいと忌み嫌われる
呪われた神・鬼灯と出会い、
掃除人兼契約花嫁として
仕えることになるが…!?